钱映紫 著

冥想的花朵

云南出版集团公司
云南人民出版社

图书在版编目（CIP）数据

冥想的花朵/钱映紫著.—昆明：云南人民出版社，
2009
ISBN 978-7-222-05791-3

Ⅰ.冥... Ⅱ.钱... Ⅲ.散文-作品集-中国-当代
Ⅳ.I267

中国版本图书馆CIP数据核字（2009）第022828号

责任编辑：马 非 马跃武
装帧设计：老虎文化 · 张新美/www.laohuwenhua.com
责任印制：洪中丽

书 名	冥想的花朵
作 者	钱映紫 著
出 版	云南出版集团公司 云南人民出版社
社 址	昆明市环城西路609号
邮 编	650034
网 址	www.ynpph.com.cn
E-mail	rmszbs@public.km.yn.cn
开 本	850×1168 1/32
印 张	8.25
印 数	1-3000册
字 数	150千
版 次	2009年2月第1版 第1次印刷
印 刷	云南省测绘局印刷厂
书 号	ISBN 978-7-222-05791-3
定 价	24.80元

序

于坚

　　当年，我们在云南大学中文系成立银杏文学社，做的第一件事就是邀约起来去登长虫山，在山顶聚伙饮酒喧哗，颇有绿林好汉的味道。或许是受了毛泽东上井冈山或者梁山好汉的影响，按道理说，文学社就是要写东西，各自回宿舍关起门来埋头写才对，爬山干什么呢？其实不仅如此，有些女生，对文学有兴趣，对文学社没有多少兴趣，听说爬山，就跟着来了。我们并不把她们搞不搞搞文学太当真，登山活动确实吸引了许多女生，她们跟着去玩，花枝招展，一路招蜂惹蝶，不谈什么文学，说些酸的、辣的、蜜的，灿烂如高原上的山花，令男生激动雀跃，嗓子好的那个就一路引颈高歌，像春天之马匹或者喇叭。在山上夜宿、黎明看红日如何踌躇满志地升起在东方，大地苍茫，心灵被诗歌、友谊、人生感动着，激情、爱情、友情在心中盟发，汹涌。沉闷的大学永远不会组织这种活动，更要防范这些活动的萌芽，只有文学社，才能把大学修道院引向生命的光明之谷。我们站在山巅，周围美女如云，山花怒放，满面阳光，想到那些正在会泽院光线不良的大教室里面苦苦背诵马克思《资本论》第五页第三个

1

自然段的留守后方的同学，不禁哑然失笑。

　　钱映紫问，你们傻笑什么啊，哈哈，不告诉你！她也是跟着银杏文学社上山的第一批女生之一。她是个美人，跟着我们玩令我们深感自豪，令学生会嫉妒。她也是个才女，真的热爱文学不只是为了来爬山。那时候我们不知道这一点。很多年，她一直在悄悄地写，写作在她，不像我们那么郑重其事，那么一本正经，有<u>些</u>玩的味道。"写作，一直是我的私人游戏。记录生活点滴、场景、碎片，像孩童玩沙，塑起一个个城堡，自己看看玩玩，推倒，接着再玩。"不想当什么专业作家，记录心灵而已，是不是作家无所谓，写却是认真的。用心去写，越写越好。有时候我偶尔看到两篇，心下说，mai-mai!（昆明方言，赞叹的意思，没有对应的汉字。）前几天忽然来电话告诉我，说是要出书了，我楞了楞，mai-mai! 二十年才写出了一本，虽女流，却也是十年磨得一剑。

　　钱映紫的散文与风花雪月之流不同，有感情，有立场，有观点，言之有物，犀利、痛快。她喜欢思想，她是深刻的人，经常感受到生命的神秘，命运的莫测，"突然间，一些遥远的东西再次使我涌起面对生命的茫然"。这种茫然乃是她写作的动力，她没有那么自以为是，那么自信，经常在人生中摇摇欲坠，这使她的作品有一种冷嘲，这在女性作者中并不多见。其实我也没有见过。例如思考死亡的《那骷髅面墙而立》，张扬女性立场的《乳房的暴露与遮蔽》，讨论吃之社会学的《吃的暧昧与恶心》。她的文章的好处是，有思想、立场、观点、深刻而不偏执，不是来自知识、书本的人云亦云，而是来自对人生的体验、感悟。女权主义那种高深的西方学说大约与钱映紫没有什么关系，但我确实在她的作品中看到女性的尊严、自觉、也许还有点傲慢。

我断断续续在报纸刊物上读她的散文，看见她署名的文章，总要读，时有所获。

"想或者不想，死亡都悬在每个人的头顶。我们不知道它什么样子，不知道它何时到来，也不知道它将以怎样的方式到来。在西方，很多人把死作为生的延续，天堂是可以期待的，死神的形象是手持镰刀的骷髅；而在中国，死亡是人生最大的忌讳，一切与死亡有关的东西都是晦气的，不吉利的，要回避的，传说中索命的鬼也总是千奇百怪，关于死亡的想象让鬼从来就没有一个清晰面孔，所以我们从来也没有一个关于死亡的清晰概念。"这一点值得讨论，死亡的观念也许是在近代才混乱起来的，在古代中国，死亡也许并不像现代这样令人耿耿于怀。

"寂静的演播厅给人以荒诞感，这感觉来自观望的距离。如果你有足够的兴趣盯着这个空间看，你会发现某种迥异于日常经验的诡黠和怪异：世界仿佛变成了可以随心改变的板块和空间，所有的空间关系都成为暂时性的，如同一个个瞬间生出又破灭的巨大泡泡。"

相当好。她当然也有许多柔软温煦的篇章，她是丰富的。

"冥想，是生活的某种精神溢出状态，它是无用的。"但如果诉诸文字，那就是人生世界烧了一柱柱高香。好在这些文章已经结集出版，对于读者来说，大约也是期盼已久的事。

自 序

　　很多年间，写作，一直是我的私人游戏。记录生活点滴、场景、碎片，像孩童玩沙，塑起一个个城堡，自己看看玩玩，推倒，接着再玩。也有一些稿约，命题作文，留了下来。把这些东西集结起来，发现都是一些时间的记录和故事，游戏之中，完成了一些不成系统的个人思考。

　　喜欢一种说法：人，游戏者。这个说法来自20世纪荷兰文化学者约翰·胡伊青伽，他写过一部关于人与游戏的文化学著作，书名被翻译为《人，游戏者》。当然，在约翰·胡伊青伽那里，游戏不是一个贬义词，它其实包含着规则的神圣与仪式的庄重，以及由此确立的尊严和价值。作为一个散漫之人，我喜爱个人写作这种很私人化的精神游戏，也乐于在游戏以及游戏规则中拉开距离，看自己的人生，与自己的际遇游戏。

　　冥想，是生活的某种精神溢出状态，它是无用的。浮在空中的花朵，是一种想象，就像我的这些文章。

目 录

幼儿园记事

追查反动口号

幼儿园在河边，高墙隔离，没有人可以翻越。幼儿园的天地隔绝而充满了奇异的规矩，这规矩让我被迫融入某种比家族更大的集体生活之中。

每周一，父母总会准时将我送到幼儿园。绝望，惧怕，伴着无用的哭闹，唯一的安慰是一块锡箔纸外还有绿纸包着的巧克力。有时，父亲会引诱我唱歌，让我忘掉我们将要到哪里。据说我特别好打发，正哭呢，让唱歌，居然也就挂着满脸泪水唱："王杰的枪，我们扛！"然后，止住哭声。现在回想，我那一代人的英雄主义教育，与学习自己穿衣服几乎是同时开始的。我们甚至还不知道写自己的名字，就被教育记住了一系列的英雄：王杰、欧阳海、雷锋、邱少云、黄继光……我们还不知道如何对付自己洗脸、上厕所的麻烦，还不知道如何忍受疼痛，就被告知只有英雄的人生才是被鼓励和值得的人生，"生的伟大，死的光荣"这样的生死观在我们还不懂得生死的含义时，就已经在塑造着我们某种超越现实的人生理想。

幼儿园的小门甚至算不上门——只是一道一米左右的木栅栏，我的脸只够得到下面那根横着的木栏。看着父亲离去的背影，我的眼泪每次都会把木栏杆浸透。老师两手紧捏着我的双肩，以免我在哭叫中突然钻过栅栏逃跑，只要父亲一转弯，老师就会生硬地拽走我。父母不在的时候，老师对我们的耐心总会消失掉很多，这件事情太复杂，我不知道怎样表达才可让父母相信我，也不知道怎样在父母面前告老师的状。有时，我觉得父母和老师完全就是一伙的，他们合谋把我关在幼儿园，以便没有麻烦地去工作。而说老师的坏话，在我妈妈那里就是一件相当有问题的事。年轻时脾气急躁的母亲对老师有着万般和气，还要老师治治我的娇气。在对待孩子的问题上，几乎所有大人都一样：除了恐吓就是哄骗，这让我小时候非常抗拒成人世界。

在幼儿园，老师总爱拿"特务"来威胁我们。特务是什么角色？我后来在电影中看到，他们戴鸭舌帽，提黑皮包，探头探脑，寻找机会破坏社会——炸工厂，毁坏国家财产，欺骗儿童，甚至杀人。我上幼儿园小班的时候，发生过一件跟"特务"有关的重大事件。

一天中午梭滑梯时，大班的某个同学突然叫了一声："蒋介石叔叔！"，其他小孩子跟着喊叫。老师们惊慌失措冲过来大叫："不准喊反动口号！"……接下来的事，我记不太清楚，只记得老师们用各种办法追查反动口号的来源，并开始强硬的恐吓。调查严密而认真，闯祸的那个男生被隔离起来，并迅速派老师去请家长。我和小班同学被集中在盥洗室，按要求把双手背在背后，老师逐个追问是否跟着喊过反动口号。我们全吓坏了，不知道反动口号会带来什么。老师威胁：谁再喊反动口号，就让谁的爸爸、妈妈坐牢。每个人都去想如果自己的爸爸、妈妈坐牢……于是大哭。对付我们满脸的鼻涕眼泪，老师用了很大的动作，那种生疼的感觉，我现在还隐约记得。面对一群小孩子，老师表现得非常激昂。老师说：美蒋特务妄图颠覆社会主义中国，我们每个小朋友都要坚决不答应！我们要提高警惕，严防敌特渗透。

这件严重的事件之后，我们被威吓和警告不准随便说话，幼儿园从此再也看不到那个闯祸的小朋友了。

后来很多年间，我从不主动跟大人打招呼，我不知道，什么人可以叫叔叔，什么人不可以？

生活在那之后变得复杂起来。

关 灯

很多年后，我依然记得幼儿园那盏25瓦——我们称其为25支光的白炽灯。一根发黄的粗棉线将灯泡吊在房屋中间，光向四周弥散。我一直不明白，为什么同一个物体在灯光近处的影子又大又清楚，而在离灯光远的地方，影子就变小、变模糊？光是什么？没有光的世界又是什么？

　　黑夜来临，我们被告知这是一个必须结束所有活动的时间，不可以走动、不可以讲话，每一个人都必须躺在床上等待睡眠来带你进入神秘的梦世界，那里的一切比看得见的真实世界更加不可捉摸。老师试图解释梦，但我什么也没有弄懂，只是心事重重，想在梦的那边被父母带回家。

　　四周的灯先关掉，只开着房中间的一盏灯。老师一边监视我们，一边看书。我记得姓蒋的女老师看一本我家也有的书，木刻画封面，黑红黄色交错，书一模一样，这让我很兴奋。从父亲那里得知，那本书叫《欧阳海之歌》。看书的老师安静，温柔，样子比白天好看，做事也比白天更有耐心，我希望自己也能在这个时候像老师一样坐在灯下。

　　晚些时候，老师开始用倦怠的眼睛看床上的我们，然后，她伸手去拉开关线。害怕黑暗，总想在最后一瞬间留住光亮的样子，我紧张地盯着电灯泡。喀嚓，昏黄的灯一下就熄灭了，我发黑的眼底却留着灯泡里钨丝一线闪亮的红光。就在灯熄灭的一瞬间，黑暗像巨兽一样从四面墙上突然就扑进了房屋。在这之前，黑暗藏在什么地方？它们和光一样不可捉摸，它们好像被灯线拴在墙角某个看不见的缝隙里。我想起公园里那两只巨大而笨重的黑熊，被铁笼罩住；想起经常跑上房顶的那只黑猫，叼着一只腿脚扑腾的老鼠，在你还没反应过来的时候突然从暗中蹿来。现在，黑暗以各种我能够想象得到的样子冲进来，挤满四周。有时候，我看见的黑暗是方形的，跟房间一样大，这黑暗有厚度而且很重，它们把我紧紧挤压在被子里，我不敢睁眼。

经常，我必须找各种理由让老师开灯——害怕黑暗永远不能作为正当理由。我无事找事，说要尿尿，叫喊肚子疼，头疼，直到老师不耐烦，再也不理会我的要求。

睡在小床上，感觉被无数头凶恶的黑熊困在绝地，到处都是狗熊厚重的黑毛，厚重的熊掌，黑得看不见底的眼睛，它们就在被子的外面，就在我呼吸的枕边，它们伸出粉红色的舌头，准备撕咬。黑暗幻化成各种样子的可怕动物和鬼魅，在夜晚出动……

恐惧与颤栗，一直占据着童年的夜晚，那些不知道藏在自己身体哪一部分的恐惧，经常与黑暗合谋，让夜晚变得险恶诡异，而无数稀奇古怪的想象，用各种样子增加着地狱和鬼魅世界的魔力。

害怕，哭泣，惊叫，最终还是要学会忍受绝望。

幼儿园的小枕头是用攀枝花做的芯子，柔软的枕头被眼泪浸湿后变得又硬又绵。我抓住枕头的角，在那里，挤着圆圆的攀枝花籽。隔着一层薄棉布，这些小籽粒在我手指间滑来滑去，发出细微的摩擦声。蟋蟋簌簌的细小声音是我黑暗中唯一的安慰。攀枝花籽真是神奇的朋友，它们激发我的好奇心并抚慰我的绝望和惊恐。那些小小的攀枝花籽，它们穿破开枕芯里面软软滑滑的花絮，紧密地挤在小枕头的边角里，它们是逃离棉絮的一群，在角落里找到了自己的同类，而在夜里，我找不到自己的同类。

我好像知道什么是忧伤了。我开始触摸到自己永远与人隔绝的痛苦，因为没有人要听一个小孩子的表达，也因为这个孩子根本就不知道怎么表达心事。

夜晚，你必须关灯，你必须接受黑暗，你或者被黑暗带入睡眠，或者在睡眠之外跟黑暗战斗。更多的时候，你会陷入昏睡，进入难以逆料的梦境，在那里，夜神出没，鬼魅游荡，吓人的夜叉手中拿戟，肋骨裸露，细脚伶仃，被追杀的你永远也不会生出英雄的气力。有时，梦神也会显现慈祥，你将跟群鸟一起飞翔，鲜花满地，在一个完全不真实的环境中，跟你的父母和祖先相聚。

关灯之后，各种神秘之物开始复活……

黑暗，面相多变却不可捉摸，于是，开灯、关灯——关住或放出黑暗，成为我成长中最有寓意的动作。

嗅 辨

幼儿园充满某种特殊气味：香皂、雪花膏、奶腥气，还有明显的尿臊味。

房间里有两只白色的搪瓷痰盂，为晚上起夜的孩子而备。老师和我们睡在同一间屋里，晚上有人起来撒尿，老师就牵一把。有时，老师不理，小朋友就只有自己去尿。男孩子站着，老把尿撒在痰盂外。女孩睡眼惺忪，就会在痰盂边上坐一屁股尿水。痰盂周围的老木地板被小孩子的尿渍浸出像地图一样复杂的线条，年复一年留住了去不掉的尿臊味。

饭菜总是有葱味，也不管你喜不喜欢。如果生病，老师会让厨房给你做一碗鸡蛋面条，或者得到一小碗蒸蛋羹，它们都一样飘着猪油腻乎乎的味道，但这已经是我们那小脑袋里能够想象的最好美食。

童年，我们显然还保留着清晰的动物本能。我们不但用鼻子辨认自己喜欢的食物，也用鼻子辨别自己喜欢的人。

在我年幼的脑袋里，母亲就是友谊雪花膏的香味，当我想母亲的时候，就会使力嗅一只空雪花膏盒，失去香味的盒子对我就没有多少吸引力了。而父亲，他身上那种老式肥皂的碱味夹杂着香烟的味道，让我觉得安心。

凭着鼻子，我辨别出自己不喜欢那个姓蒋的女老师，她有着某种怪异的腥气，她的头发、脖子、甚至手掌都有某种泥鳅的气味。蒋老师爱用甘油擦手，甘油也有某种腥味，让我觉得她仿佛就是一条巨大的泥鳅。

也是凭着鼻子，我开始跟一个男生建立人生最早的友谊。这个男生叫玉明，一个沉默的4岁男孩。他沉默，不完全是因为性格而是说话结巴。

才开始去幼儿园的时候，玉明穿了一件围裙一样的花罩衫——改自他妈妈的旧衬衫，结果被小朋友取笑。玉明家的布票用来给他上小学的哥哥做了衣裳，玉明只好一直穿着那件可笑的罩衫。我肯定是唯一喜欢玉明这件旧花罩衫的人，因这罩衫有一股淡淡的肥皂味——像我爸爸的气味。只要有机会，我就喜欢扯着玉明的衣服闻。两三天后，肥皂味已经淡得闻不出来，我还是会忍不住凑到玉明的脖子背后闻闻，仿佛一只受到诱惑的小狗！

　　花园里种着一棵香橼，香橼叶子的香味对我也有某种说不清的诱惑。我经常会摘一两片叶子，用手帕包着轻轻揉捏，不停地闻，以至母亲老是追问我手帕为什么总有洗不干净的绿色汁液？有时，我甚至会忍不住扯一点香橼叶子在嘴里嚼，用舌尖感觉某种辣辣的刺激，为此兴奋莫名。没有多长时间，我显然就够不到高处的叶子了。开始，玉明还可以跳起来够，很快，他就手脚并用开始爬到树上为我摘香橼叶子。

　　这是一棵在大约50公分处开始分杈生长的树，每次，玉明都是将右腿膝盖跪到树丫里，双手抱树一使力，身子就上去了。可是，有一次，他力没使好，右膝盖被卡在树丫里。他自己出不来，我这里又是推又是拉，也没把那卡着的腿膝弄出来。玉明额头冒汗，眼泪在打转，我吓得大哭，去搬来老师。最后，树被锯断，玉明的腿才得以从树丫里解救出来。

　　玉明死硬着不让老师包扎被蹭破的膝盖，却肯让我用手帕勒住出血的伤口。后来，玉明把手帕还我，我习惯性地用鼻子去嗅。第一次这么专注地嗅血，我闻到了浓重的腥气，很像铁锈的气息。这让我有某种恐怖感，生怕这气味会消蚀掉玉明的腿——如同铁锈腐蚀钢板（我总以为铁是被气味所锈蚀）。那气味让我不安，让我想到疼痛、腐坏，甚至死亡。

我后来知道，气味始终左右着我很多本能的判断，比如，因气味喜欢或排斥着某些人，因气味对某个地方留恋，或者是选择逃离。鼻子通常超越智力来促成我做出迅速判断，这是一种绝对直觉，我从不怀疑它的可靠性。

　　经历了漫长的学习，那些被称为科学的知识让我明白，人的很多行为背后都有某种本能的力量在推动。这个本能，显然比知识神秘而难以掌控，也更加具有主宰的力量。

冥想的花朵

　　一只蝴蝶，飘飘浮浮向我飞来。玫瑰红的翅膀，石竹花一样的锯齿边缘被黑色包围，翅翼上白色的圆点象空洞的眼睛，紧紧盯着我。

　　即使在梦中我也清晰感到一种迷惑——是花朵，还是蝴蝶？飞舞的石竹花？种植在虚空之中的蝴蝶？

　　蝴蝶飘飘扬扬，传达着一种超然的诗意。那是一种让我迷恋的意味，不同于现实世界的语言，没有物质的重量和边沿。那感觉既不是来自蝴蝶，也不是石竹花；既非蝴蝶和花的形状，也不是那些无法触摸到的颜色，它只是一种流动的东西，平滑，柔软，温润，沿着我的血液，向肌肤的边缘慢慢浸淫开。晦暗中，我感觉自己失去重量，象空气，象悬浮之水，象平和的呼吸，象飘飞的花瓣，象蝴蝶翅翼上细微的鳞片在真空中晃悠……

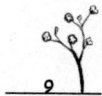

梦，让我回到某种幼时心境。

<h2 style="text-align:center">（一）</h2>

印象来自院子里的海棠花，在春季，枝头开满粉红色的花朵，但很快就会凋谢，花瓣随风飘飞。这是幼儿园最明亮的色彩，高高的蓝天衬在一片粉色的花枝外。天空有多高？

垂丝海棠，大约三月开花。红红的小骨朵，粉色的花瓣挤成一片。风中，海棠花轻薄的花瓣在瑟瑟抖动，不停摇晃，飞舞凋落。随风飘落的花瓣让我着迷，它们好像被某种力量托着，飘飘晃晃；它们好像很快活，自己飞来飞去。风是什么？

好友玉明采了一小枝花给我，我们一起看着天空发呆。花朵，带我进入冥想。

我看见细细的花蕊，在光线里透明发亮，花瓣好象是由无数极小的泡泡拼接而成，泡泡里面充满了那么细小的水，这是一只蜜蜂的眼睛才可以看清晰的花，也许是一只小蚂蚁，只有它们才能把一朵花看成一个世界。我把自己想象成一只爬行花间的蚂蚁，我比快活的蚂蚁还要快活。

<h2 style="text-align:center">（二）</h2>

我从哪里来？我问母亲。

母亲说是山里人丢在路上被她捡回来的。

我从哪里来？我又问父亲。父亲说，是从一朵花里出来的，花一开，他就看见我在哭，就把我抱回家了。

什么花？

香花。

我不喜欢母亲的说法，我相信父亲说的：我来自一朵香花。

春天，我哥哥用桃核栽种的小桃树开花了。我问父亲，我是从桃花里出来的吗？父亲指着一只蜜蜂说：是啊，那时你就这么大点。我想我的开始真的应该像一只蜜蜂那么大，也许父亲把我抱回家之前，我就是像蜜蜂那样吸吮花蜜的。但桃花的孩子是桃子，我为什么不是桃子？

夏天到了，河边开满黄灿灿的金丝桃金娘。桃金娘最好看的是花房，像个小花瓶一样包紧那些密密的花蕊。也许我不是从桃花里出来的，而是住在桃金娘的花房里。河埂旁开满桃金娘，有好多天，我不停地在花间找来找去，想发现一个像我从前那样住在花蕊中的小孩子，我没有找到。我发现了好看的七星瓢虫，黑色的小身子上披着漂亮的红色硬壳，还有黑色的七星。七星瓢虫在花草和枝叶间爬来爬去，有时，它不喜欢在我手上爬，一振翅膀就飞起来了，留下一股浓烈的气味。我会不会是一只七星瓢虫变的呢？我闻着手心里的瓢虫气味。

河埂上长着好多野蔷薇，春天，一簇簇的白花挤满刺藤，整条路上都散发着清香味。野蔷薇的花蕊尖端上挂着黄色的花粉，虫子应该很爱吃。野蔷薇花谢了，就结出小果子。等这些小果子开始变硬的时候，金龟子就飞来了。金龟子爱吃野蔷薇的叶子，它们趴在叶子上，绿色的硬壳闪耀着美丽的金属光泽，那是漂亮的保护，美过任何一件人能够拥有的衣服。我始终不知道金龟子从哪里飞来，又飞回哪里去。

我一直相信，我从小对花的迷恋与其他小姑娘不同。花朵给我的想象不仅仅是好看愉悦，花朵还与我的出生有关。植物要先开花，才会生出自己的孩子来。人跟植物一样生孩子，只是，人生孩子好像更复杂，更隐讳。父母说，植物开花，然后就有自己的孩子——果果，而我就是他们的果果。

小虫子是从虫妈妈的肚子里出来的，小鸡小鸭是从蛋里出来的。

可我为什么从花里出来？

父亲说，长大了你就知道了。

（三）

在幼儿园，我总是望着花朵没完没了地想象。因为要好几天以后家里人才会来接我，因为父母总是不理会我的无理取闹。大多数时候，哭闹完全没有用。我想我至少在五岁以前就非常明白，不要去做那些被大人认为是不好的事。母亲从前爱用一个词："丑品"，凡是被定性为丑陋品行的举止，一定会招致家中所有人的鄙睨和冷落。

我想表达某种我不懂的孤独和忧伤，可是我不会。我在花园里对花凝神，在河埂的野花丛中藏身，让自己消失在热闹之外。我好多天一言不发，迷醉在花朵和昆虫们的喧闹之中。别的小朋友都很懂得表达自己，他们可以跟老师和父母说个没完，而我不会。我总是想藏起来，想逃避人群。即使面对父母，我也没有学会乖巧，我学会了沉默，学会在沉默中的内心抵抗，学会幻想和逃避。

我逃避的方式来自想象，想象自己是蚂蚁，是飞虫，是无孔不入的水，然后，只须一朵花，一个小小的物件，甚至是墙壁上的创口，天花板上的一滩水迹，就够我藏身其间，尽情遨游。在我的那个世界里，我可以不受任何人控制，有绝对的权威。

花朵开放，宣泄着神秘而不知所自的色彩；花朵有形，表达着树木草苔的生命秘密。花朵引领，带我进入一个自由的想象世界。冥想中的花朵，铺陈着一条彩色通道，挟裹了我无以言表的内心。

舞台诱惑

开 场

大厅的灯光熄灭，众多观者隐没在人为的黑暗中，一场演出即将开始。

帷幕缓缓打开，舞台上那些被遮掩着的、被我想象了又想象的布景开始出现。被彩灯照亮的舞台，背景绘画营造着某种特殊的空间。一面具有透视效果的背景墙，一层层画着花草树木、巉岩危石、或是有景深意味的平面图景，构成了一个视觉空间。在这个空间里，景深被光线延展，完成了某种虚拟和象征。

舞台的诱惑显然来自它非同现实的虚幻。在我幼年时期，即使是那些呆板的无比的舞台背景，也让会让我心生迷恋，它们那远离现实的颜色和光影，似乎铺展着一个明亮而辉煌的通道，心将跟随而去。

演出就要开始，各种器乐的声音、各种旋律和节奏混合成令人激动的声响，音乐开启着序幕，现在，我与自己的日常生活隔绝了，我正在被一个舞美、灯光、乐队、演员等元素制造出来空间拉拢，如果这一切足够强大，我将被他们彻底掌控。

开始兴奋，被一种仪式化的、莫名其意的崇高与激情所吸引。我即将进入某种完全陌生的场景，并与之同在。我将从自己居身的世界开始飞翔——仿佛一只满心想飞的企鹅，是的，企鹅从来都是这么飞翔的——在自己虚妄的梦想之中。

声音渐起，天幕上垂下假制的藤蔓枝条，丝绒帷幕正在打开。帷幕，形成现实与舞台的边界，它充满重大意义，帷幕仿佛是一出戏剧的衣服，在遮蔽与展现之间推进着戏剧的意义。现在，帷幕正在退缩拢，绚丽的射灯、华丽的舞美开始透露出来。灯光，既是某种凸显，也是某种隐藏——它制造的阴影遮蔽了那些必须忽略的空间。有时，各种深奥的意味仿佛就藏在光线隐藏的地方，表演所显现的，恰恰是某种隐藏的效果--好像老师总让我们在优美的文字背后找出的那些枯燥的段落大意和中心思想。

眼前的舞台，是一个比现实世界更加集中和浓缩的空间：它将各种人物、各种矛盾集中展现，它将在某个被抽取和隔断的时间里表现比人的一生更长的历程，比生命本身更让人迷陷的激情。我小时候看的那些剧，舞台上总有英雄（杨子荣、李玉和一类的人物），英雄们总是气宇轩昂，他们总是为了某种我不能了解的信仰、主义而义无反顾，这总会激发出我许多空洞的理想、敬畏、崇高与激情。舞台展现和进行着的，是一个超越的世界——因为不真实而遥远，它们看上去美好、激动人心，让你意欲沉迷其中，彻底忘掉自己日常的卑微和庸琐、空虚、徘徊、忧虑与无聊，你将忘掉生存的黯淡现实。

舞台，是一种仪式，生活因表演而成为一种被展现的程式，成为一种带有崇高意味的游戏，演员与观众按规则共同完成这游戏的程式，台上的演员在按自己的理解展示，隐匿的观众被调动的想象参与其中：兴奋、惊讶、恐惧、颤栗、梦想……一个针对心灵的魔法世界开始运转……

舞台仿佛世界的镜子，映照出的只是世界的表象以及人生被演化出的面部情绪。表情流转，传达并牵动着你无以言说的内心，你最隐秘的冲动和梦想。

剧目即将开场，我被未知的空间故事诱惑着进入观看，我将隐身，我将跟随角色去往既定的方向。开场的瞬间，我将和演员一起彻底忘记自己的日常身份，我们将共赴某种激动人心的命运——英雄或是非凡的命运，一种审美的命运，一种命运之外的命运。

面具与身份

看演出，是一项庄严而重大的事件。

小时候，我总要被母亲捣饬得光鲜整齐、干干净净才被带到剧院——尽管那时物质条件非常有限。

看演出，也是一项需要注意身份和教养的公共活动，你的穿着和言行举止，表达着家庭的精神气质。父母不停教育我：

看见熟人要微笑，不要弄出太大声响，胳臂腿不要乱伸乱放，不要当众发呆，不要露出傻相，不可以抖腿、不可以吃零食、不可以当众打嗝、不可以对人打喷嚏、不可以不可以……我恪守着父母制定的规矩，却发现如此讲究毫无必要。绝大多数观看者都很放松，他们吃零食、打嗝、吐痰、放声大笑，高声喧哗，走来走去。而我仿佛演员一样，遵守着某些律令，完成一个观看仪式。我很怀疑父母那套规矩的意义。这种类似表演的克制，唯一的意义是得到一个我不理解好名声：有教养。

看表演时，我知道，演员，就是某种幻境制造者。他们势必也像我一样，接受着某些规矩和律令，以完成表演仪式。一旦进入这个仪式，演员和我一样，将被一种刻意而为的意义和情感控制。我从前爱看的——也是唯一可以看到的——就是有关英雄的表演，当英雄们慷慨激昂、大义凛然之时，我也随之进入一种莫名的激情涌动之中，平日里的胆怯、害羞、退缩仿佛完全消失在自身之外。英雄的高尚，映衬出日常生活的庸俗；英雄的胆识，彰显出小人物性情中那些可笑的弱点。相比之下，跟我一样的芸芸小民，个人的辛酸痛楚显得何其渺小，又是何等的微不足道！

可是，看客的失落感总是无法阻止，每当剧终谢场，演员们就会重新被日常之光所映照，重新回复到平凡身份。角色与表演者的真实身份，常常有着十万八千里的距离。每当看到演员们卸妆，我就会堕入某种幻灭的心境。当舞台的灯光熄灭，我的内心就会生出某种比现实还要深暗的东西。

幻灭，我从前还不知道这个词，但我在一个人身上找到了自己的情绪。很多年间，一个让我迷惑的人在记忆中挥之不去，她就是大象的妈妈。

大象是我幼时玩伴，我们在一起的时间很短，他家后来迁回河北。大象跟我住在一个宿舍区，大象的爸爸原来在剧团拉胡琴，为他妈妈伴奏，大象的妈妈算是个名角，她最得意的角色是演阿庆嫂（早先，她的当家戏是演杨排风）。京剧团解散后，大象的爸爸当了会计，妈妈赋闲在家做家属。可是，大象妈妈相当惹眼，怎么打扮也不像工人家属。

1970年代，大象妈妈的行为绝对够得上"放浪"一词。她能够放胆把胸罩啊，大红色的月经带啊，血迹未洗尽的衬裤啊这类隐秘之物统统拿到阳光下来暴晒，让男女大众又要看，又要唧唧呱呱议论不歇。大象妈妈从来看不上跟宿舍区的这些人来往——他们大多没什么文化也绝无艺术品位，她不会像他们一样琐屑而容易满足，她向往的东西，身边的这些人不可能懂。

大象妈妈操一口标准地道的京腔——她本来就是北京人，有着高亢的嗓子，总让人联想到她在聚光灯照射之下，英勇机智、沉着冷静，周旋于狡猾的敌人中。生活中大象的妈妈却是另一种样子，她头发蓬松堆在脑后，随时一副懒散无事而慢吞吞的模样。我经常见她首如飞蓬，眼睛看着远处，总像在跟某种虚无交流，那眼神，使她与众不同，使她散发着某种难以言传的吸引力。我见过她绝望而无聊的样子：坐在阳光下，满脸悲伤，一支接一支地抽烟。她曾经自杀过，所以家人都对她小心翼翼。她经常神经质地嚎哭，仿佛有着巨大的痛感。不过，很多时候，大象的妈妈都显现着豪爽、快乐，唱起京剧来，老远就听得见高昂嘹亮的声音，无人能比！

大象妈妈是我最早见过的抽烟女子。在台上演《沙家浜》，当刁德一给她递烟时，她高傲地拒绝：不会！但在台下，她翘着细长柔软的手，姿势妙曼地吞云吐雾，抽烟的样子比男人还老练，一副衰颓之美！在我的眼中，这衰颓里藏着某种难以模仿的骄傲和拒绝，某种日常道德所不容的"坏"，某种难以言表的魅惑。在舞台上，大象妈妈有着角色赋予的骄傲，而在生活中，是什么给了她这样的骄傲？

有时，我不知道哪一个才是真实的大象妈妈，哪一个大象妈妈才是真正诱惑我的人？

舞台上角色的吸引力，来自道德力量，勇气和信心，而舞台下，表演者吸引我的却是一种自由，一种跟主流道德完全无关的东西。很多年间，我像隐藏某种秘密一样，藏着自己那些无从告人的心思和困惑，我也仿佛演员一样跟周围人众一起，表现出对大象妈妈的睥睨，以表达自己道德方面的干净。

多年后，我终于明白：在道德方面，我们很多人都是表演者。我们像演员一样戴上面具，给自己一个身份角色——有时这身份角色是被动接受的，是为了某种公共仪式的，我们不过是按时势的要求，塑造着自己的道德形象。

做个表演者

当我在舞台下看着那些被灯光、动作、话语等东西高度强调的角色时，我就会猜测，那个让我倾心动情的表演者，此时，他（她）会是什么状态，他的灵魂也会如我一样飞扬在虚空之中吗？当他吸引了所有人的注意力，他是否会被观者的心力托举到一个远离现实的地方？

表演，是一种对着人性弱点的诱惑。

我记得小时候，住在水井边的那个赵姓孃孃，她总是用一种演员般夸张的表情和声音说话，每次见我——尤其有别的大人在场，譬如，我的母亲——她就会弓下身子来，像打量某件物品，盯着我看来看去，嘴巴里发出奇怪的啧啧声，她总是大惊小怪：看，眼睛，看，眼珠的颜色，猫一样。可惜啊，长雀斑，可惜啊，嘴巴大，可惜啊，要是鼻子再长得好些……可惜啊。面对赵姓孃孃那种演出来的亲昵，我总是不知所措——像遇到脓鼻涕，我不晓得怎样逃脱开自己内心的黏糊，我只是忸怩不安，手足无措，让大家居高临下地看我。

赵孃孃的表演，不仅仅是要给我看，也为所有人，通过表演，她不断获得更多的优越感。赵孃孃经常表演某种肠胃不舒服：嗓子里小抽一声，打个咯噔，然后微微皱眉，告诉别人她吃肉或是喝鸡汤腻了。那时，很多人为了吃一顿肉几乎愿意去杀人，赵孃孃的"腻"，让她超越了所有人。赵孃孃的男人是单位最大的头，谁也不敢得罪，她的表演就一直不受阻碍地进行着，她也很享受这种表演带来的快感，她装作优雅的样子，娇滴滴软绵绵说话，只"可惜"（她喜爱的词）她那只鲜红的酒糟鼻，总是会刺激别人分散注意力，把某种因于鼻子的惊讶重新还给她，而忘记掉她正在表演的那个幸福角色。

似乎并不需要确认别人的心力，赵孃孃就可以自己飘扬起来，我觉得，她是生活中真正的表演者，她的表演无处不在，无时不在。表演，给她幸福，给她价值享受，别人的眼光，就是她成功的尺子，就是她心神飞舞的迷药。

观察告诉我，表演似乎真的有那种让人迷醉的力量。

初一年级，我终于有一次机会上台表演。可是，我唯一的这次表演经历，却是一场非常糟糕可怕的体验。我被打扮成藏族，跟其他穿着各种少数民族服装的同学一起，欢庆粉碎"四人帮"。我之所以被选中，是因为大家觉得我学习觉悟高，能够背诵那么多的毛选段落，理所应当在欢庆的表演者之列。演出前，同学们集中到老师家化妆。脸色苍白的男老师拿冷湿的一团棉花，蘸着大红色的油彩涂抹我们脸蛋。第一次化妆，那团从别人脸上下来就马上贴到我脸上的棉花，真让我恶心。接着，一个同学不小心踢翻了床边的痰盂——里面竟然盛着半缸尿！冷冷的尿液浸入我的脚背。恶心，夹杂着某种说不清的羞辱，我的眼泪就下来了。老师对我的敏感非常生气，好在那种油彩很是耐得住眼泪的冲洗，他不需要重新为我化妆，只是拿那团抹了很多张脸的脏棉团抹去我的眼泪，并气呼呼警告我不准退出，以免影响整个表演的队形。

我被逼着上了台，我那黑色滚着白边的新布鞋被尿液浸湿，这真让人心疼。潮湿的鞋子，生理上的恶心和心理上的羞辱委屈，混合成一种灾难性的心情。表演开始，看着台下密密麻麻的脸蛋，我只听得见脚下木板的蓬蓬声，我突然觉得手脚以这样的方式舞动，实在是一件很奇怪的事。我觉得自己像被老师念了魔咒的傀儡，是个手舞足蹈的木偶和小丑。心不在焉，我确信全世界都在盯住我那只冷湿腺臭、恶心无比的脚。观众的眼光刀剑般刺人，我仿佛被扒光一样局促无助。脚尖上传来某种刺痛，我希望拉幕人知道我的心思，尽早将帷幕拉上，结束我的演员身份；希望突然停电，结束我被胁迫的演出。我拖着湿嗒嗒的脚，带着灰暗的心，挥手、跺脚，木然完成各种欢快动作。表演终于变成一种折磨，我不再认同角色——某个为喜庆而跳舞的小姑娘，观众的眼光就是利剑，众目睽睽，我内心褴褛，无处藏身。

最终，这次表演被我当作一场启示：表演其实就是假装某种状态，装给别人看。当演员感觉到观众的目光，他的假装就开始了。我喜欢台上的那些假装，是因为它们装得超越而令人激动，给我某种审美意味。而生活中的假装，是需要技术和机巧的。这样看来，当个观众比当演员更轻松，也更有乐趣。那些总在表演状态的人，未必如我所揣测，未必真有什么心神飞扬。

红色小战士

1971年六一节，我成为一年级最先加入红小兵的同学。

那天，红旗在空中哗哗飘扬，少先队队歌穿过一只大喇叭，向着蓝色的天空高唱："我们是共产主义接班人……"。我们热爱的女校长激情澎湃，双眼明亮，她甩动着齐耳短发，无比动情地朗读毛主席的话："世界是你们的，也是我们的，但归根结底是你们的。你们青年人朝气蓬勃，好像早上八九点钟的太阳，希望就寄托在你们的身上！"

一年级新入队的红小兵被邀请到旗杆下的第一排，举拳宣誓：誓死忠于毛主席！誓死忠于共产党！我敬爱的班主任——满脸络腮胡茬子的王老师，亲手为我别上了一枚鲜红闪亮的红臂章。然后，他巨大温暖的手握着我瘦小的手说：钱映紫同学，从今天开始，你就是毛主席的红色小战士了，继续努力吧！我仰望着红旗下的老师，感觉到一股巨大的力量在心中鼓荡，"红色小战士"的荣誉感让我充满了难以言喻的幸福，那是一个多么重要而有意义的时刻啊！

自从当上了红小兵，我和先进同学就开始满怀激情去寻找战斗机会，以对得起红色小战士的称号。但现实果然如老师所说：敌人太狡猾了，他们会以各种伪装的面目出现。但是我们很快就辨别出：闹喳喳的麻雀不就是敌人吗？它们以美妙的歌喉和乖巧的模样为掩护，无耻地偷吃人民的劳动果实。我们用簸箕、用砖头设陷阱引诱麻雀，尽量消灭之，并怀着仇恨吃掉它们的肉。然后，我们开始消灭会将疾病带给无产阶级的苍蝇，会破坏社会主义大厦基石的老鼠，最后，我们几乎跟所有的小动物战斗——它们完全可能跟阶级敌人一个阵营，通过各种手段破坏社会主义国家。墙角的蚂蚁，田埂上的癞蛤蟆，树林里优游盘行的各种蛇……统统成为必须消灭的对象，我们扛着木头制作的红缨枪向各种敌人开战。

这种战斗持续到有一天，丑陋的敌人，一只巨大的癞蛤蟆丧命在我们手下。我和一群红色小战士先用柳条把癞蛤蟆抽得鼓胀无比，然后，看见它向空中伸出四只胖爪子，瞪着眼睛，一副死不瞑目的样子。大家突然有些害怕，寂静。

我们当中最勇敢的那个男娃娃，叫小海军，他忍受不了这胆怯的景象。他吼叫着：我们要勇敢，让敌人断子绝孙。他起脚把那只气鼓鼓的癞蛤蟆踩炸，然后带领大家到水塘抓出大蝌蚪，一只一只用脚踩死。小海军拿了一只蝌蚪在我眼前晃动，他用手指甲剖开蝌蚪，拉出一圈小小的肠子，然后，挑出米粒一样大的红色的小东西："送给你一颗红心"。就在这一刻，我突然不可抑制地呕吐起来，并绝望地发现，不管我鼓起多大的决心和勇气，我甚至对付不了身体中不过充塞着肠花里肚的一只蝌蚪，它什么也不做，只被动地露一下内脏就彻底吓倒我！

从此以后，红色小战士钱映紫开始脱离组织，她把战斗的方向转向自己的怯懦，很多年间，她一直在跟自己的软弱战斗。

父亲留言

父亲走得非常突然，没有留下一句话。

我匆匆赶回家时，他已经完全陷于深度昏迷。大面积的脑溢血，医生说，准备后事吧。

突然而至的空白几乎让我窒息，随之而来的是失重感：我在一瞬间变得像柳絮一样飘落无定。下意识用指尖挠挠父亲的手心，想像着他还会像从前一样缩手，像从前一样发笑，可父亲依然一副无知无觉的样子。父亲的平静完全超越了生与死，完全超越了人生苦乐之限，他显然已经在时间的外面了。望着父亲那一脸的安详，我意识到，那条从父亲开始的生命之河从此断流，我生命源头的一部分骤然间干涸了。有相当长的时间，我一直处于某种昏朦之中，四周充满了致命的虚空和空白，它们挤压我，让我连哭都不能，直到我完全丧失了痛感，甚至不会悲伤。他们说，死亡是一次不留地址的出发，现在，我还可以去哪里寻找到父亲？

和家人一起平平静静办完了丧事。我猜想，父亲会满意这样一种告别——就在他最后工作的那幢楼上与生者诀别。从窗外望去，办公楼前的那棵缅桂花不着声息地挂着花朵，在风中传着淡淡的香味。缅桂花有三层楼那么高，是父亲离休前留给单位的纪念。很久以前，父亲到乡下讲课，某个不知名的技术员送给父亲这棵缅桂，当初不到一尺高，据说花种特别好，可以四季开花。缅桂花在家里的阳台上长了好些年，每年总有很多花一拨一拨开了又谢去。辛苦了一生的父亲执意要把这株缅桂花送给单位，我当时很不以为然。父亲喜欢色白且香的花：栀子花，珠兰，缅桂花和夜来香，缅桂花是他最爱买的花。很多年间，家人都习惯看到父亲买菜回来时，总捎回几朵缅桂花。父亲会让我找来棉团，浸湿了，裹住花朵下那短短的花茎，然后放在小酒盅或是瓷碟里，不起眼的缅桂花香味弥漫，那是我记忆中与父亲、母亲和家庭相关的气味。

风吹动着缅桂花高过楼层的那些枝叶，大理州建设局院子里的那棵缅桂花，每年都无声无息地长高、长大、开花。没有几个人还会记得那是父亲的纪念，可我每次都能听懂风过花枝时那些簌簌的声音。十多年前，父母家中那狭小的阳台已经无法让盆花开得更好，而这株缅桂花却突越了阳台的促狭，在父亲的办公室外吸着地气自在生长。它只管开，只管香，一如生前的父亲，一如父亲无声的表达。

父亲去世已多年，可我一直不敢动笔写那些与他相关的事。我深感有些疼痛是人生难以承受的，而我找不到一种平息的方式。直到有一天，缅桂花的香气让我想到从前那些家庭往事，想到父亲，那无形的气息让我泪水盈盈。直到这时，我的悲伤才开启了一个缺口，我终于哭了出来。透过缅桂花时有时无的香味，我感到某些来自遥远地带的气息：一些幸福，一些悲伤，一些感怀……有些欣慰，我正在时间之中一点点接近父亲。从前我不明白文人们所说的"精神传承"，词语让这一件事显得严肃而很有使命感。可在我的经历中，这种传承是在细微的生活琐事中完成的。我不记得父母讲过的那些深奥道理，但他们的行为影响了我几乎所有的生活趣味和价值选择。说不清从什么时候开始的，我像父亲一样爱上了缅桂花，像父亲一样喜欢喝茶饮酒，在一点一滴的俗世生活中触摸到美好，永恒，并且知道了什么才是最经得住时间的东西。

　　缅桂花的香息，让我慢慢在时间之中超越悲伤。我终于懂得了父亲用他一生留给我的话语：朴素、自在、超越。

橄　榄

橄榄，酸、涩、翠绿、圆润，样子普通。这种云南到处都有的酸果，其实跟古希腊文学作品中的"橄榄枝"、"橄榄油"没有任何关系。

我小时候嗜酸如命，吃起酸东西来无比吓人。一碗橄榄，轻轻松松就吃没了，这让母亲一直担心我的胃，而父亲对我不惧酸涩地喜爱橄榄，表达了调侃式的理解，他说我长了个高度耐酸的胃——可以当得泔水桶。

橄榄，联系着记忆中一些美好的场景。小时候，我曾经有一种近乎乌托邦的想象，来自母亲，她用讲述公社共产主义的愉快口吻描绘自己在大理漾濞桑不老乡的日子："核桃多得吃不完；山上到处长着大个大个的橄榄，躺在地上晒太阳，随手摇树枝，橄榄就会掉到嘴里，你就闭着眼睛吃吧。"在食品短缺的年代，这样的景象快乐诱人，让我流口水。

1973或1974年，我二哥穿着没有领徽的布军装，风尘仆仆从乡下宣传毛泽东思想回来，他解开绿色帆布包，抖落出很多大橄榄。熟透的橄榄有点透明，翠绿中带黄色，这是我所见过的最漂亮的极品橄榄，大得像核桃！二哥神气十足地说：每一个都是我亲手摘的，而且一定是树上最大最好的。二哥的表情让我知道，年少而骄傲的他对我有发自内心的宠爱，这让我生出幸福的感觉。

　　记忆中，也有陌生人用橄榄带给我幸福感，让我有些猝不及防。1993年，大理一带遭遇百年未见的洪灾，我和同事赶赴重灾区云龙县采访，公路被洪水冲断，我们必须步行前往。沿澜沧江往县城走，很多路段被山洪冲毁，一行人提心吊胆，手脚并用，翻过那些还在滚石飞坠的滑坡地带，帮摄制组背设备的是云龙县大栗树乡的两个年轻小伙子。大约20多公里地后，走路变成一种折磨。紧张、疲劳、河谷的干热，灼人的阳光，不到头的烂路，越走越没有声息。身上带的水也喝完了，望着河里翻腾的洪水，口渴难耐。

　　突然看到江边陡壁上挂果的橄榄，好像天堂的果实一样翠绿诱人，嘴里嚷嚷，却没人敢去采摘。正在咽口水，只见一个影子山羊一样，敏捷冲去，很快又冲了回来，一枝橄榄已经送到我手上。摘橄榄的小伙子，很年轻，很腼腆，也不认识我，他甚至不敢正眼看我就跑开了。他是谁？我也不知道。再也不会见到了，我们不过是因水灾而在路上偶遇的两个人。

　　那天，橄榄的味道胜过天堂里的果实。

回望老街

　　很多年以后，那些街道、荒疏的景致依然如它们往昔一样，在冥暗的夜里不声不响出现。子河浮光闪烁，在梦里流动不止。景物、河流在记忆的迷雾中清寂无色，忧伤地幻现出来。直到今天，这个小城和它的风景在我内心深处依然保留着它们过去的情氛和色调，在漫漫黑暗的睡眠时间里显露出迷离的面孔。

　　这是一种内心的时间，一种心灵的风景，它们在如流的时光里聚结成生命不会消失的痕迹。

　　重回老街，没能再看到梦里的子河。

　　子河曾经是西洱河的一个小支流，我至今也记不清楚它到底有多宽多长，但记忆中的子河清水荡漾，长长的苔丝在水底飘飘曳曳。无法想象这条清水河是怎样在时间的脚步声里变成一条流着城市污水的暗河的。这使我想起许多面孔，早已被风尘掩入遥远的时间之外。

　　如今的老街还是那个老样子。窄小的街道旁几棵槐树老杆粗糙发黑，树顶被修剪秃了，新枝在夏末里挂上色泽清淡的花串，潮湿的风吹送着槐花那令人怀旧的香息。老街依然房檐低矮，安静立于河畔——尽管子河已流着污水隐入黑暗。老房屋在今天延展不停的城市里渐渐被人遗忘。疏落的脚步声里，它们安静迟缓，低斜的屋檐几经修复还是老态难掩。老式的格子门暗红色油漆被阳光风雨侵蚀剥落，呈现着生命渐逝的容颜。老街尽头有一个清真寺，附近的一间小屋曾经是我父母在下关最早的家。那时我还没出世。老街在我之前的时间里就那么知命地坐落在那儿吗？

老街的景象使我陷入梦游的心境。有一种凝固了的时间，它们被深深砌入那些曾经烟熏火燎的土墙。洞开的矮门里传出隐隐的人语声。长满野草瓦松的老黑房顶上，密密麻麻的苔藓有着令我心动的乡野气息。

宁静的风景，封闭的街道和小院，时间从双眼穿过心灵。老街引出我那往昔的世界：倾圮的房屋旁长着自生自灭的向日葵，单调无止的雨天里，随地而生的草蔓悄悄掩盖着许多不为人知的记忆。

重回老街，再次闯进那种一闪而过的怪异心境。某种感应猝然降至，将无数的记忆组接在一起，像流星划过心灵的上空。这些记忆碎片使人恍惚回到以往，很快又被眼下拉回。时间在通往过去和未来的隧道里空空阔阔直至无边无沿。老街作为过去的一个影子，让我感到生命和这个世界的联系。

走出老街进入新市区，便又回复到于事无心的劳碌之中。

楼群高低错落，芸芸众生来来往往。这是一个不需要心灵幻想和诗歌映照的世界。在这个世界，老街终将会消失，一如它在今天从无数的记忆中已经被忘却。而每一个人的生命都将象老街一样褪色、消隐，每个人都将以不同的行途靠近死亡。

我存活在此时，前面是看不到的未来，老街只是过去的某种存在，在时间深处淡然无言。当它轻轻伸出触角，不经意就让另一个世界湮没过我。

麦 子

五月将至，麦子黄熟。日渐强烈的阳光下，麦穗在风中互相碰撞摩擦，田野响起好听的细碎和弦，麦子在歌唱。

饱满的麦子，圆圆的颗粒就要挣脱麦壳，裸露出来。一颗成熟的麦子，即将脱离土地，脱离干黄的秸秆，脱离把自己和其他麦粒集结在一起的穗子。麦子，将在成熟之时获得自由。

在中国古代，麦子不仅是食物，也被视为会与天地感应的自然灵物。麦子秋天入土，《尚书•大传》载："秋，昏，虚星中，可以种麦。"古人种麦，不仅要看星象，还要"与白露俱下"，天地齐应和，麦子可以在好的时辰承接天地之精华，开启新生命的旅程。

春天来临，世界开始进入生长季节。麦苗渐渐掩去土地裸露的原色，绿色铺展，覆盖了广袤的田野。然后，这绿色变浓、变深，麦子在自己的命运中开花、结穗，麦子开始灌浆，开始饱满成熟，田野一片金黄。生长完成了，麦子将不再是田野的风景，它们将走向各自被判决的命运。

一颗成熟而终于获得自由的麦子，它将回归土地，获得再生？或是进入消化之冢——动物的胃，完成自己的终极使命？这是个问题，其中不无必然与偶然的神秘意味。人成为唯一主宰。

　　麦子会有什么样的命运？

　　我所知道的是，麦子一般有两种归宿：一是坚持麦子的本性，成为种子，等待来年重生；一种则是彻底脱离土地，身形俱毁，变成麦酒、食物，转化成人或其他动物生命所需的热量，然后在肌肉运动中被消耗。绝大多数的麦子，将进入第二种命运——被彻底消化掉。

　　我深信麦子是有灵性的。麦子的灵性在于懂得回报，它不欺负诚实的劳动，也不会让那些专注于劳作的农人希望落空。只要土地还在，只要阳光依然照耀，有雨泽露润，麦子就会一遍遍演绎生命消长，时间轮回的故事。

　　在古人眼中，"大麦为五谷之长"。麦子的尊崇地位，在以麦为主粮的北方尤其显得突出。《礼记·月令》教人要在仲秋之月"劝人种麦，无或失时；其有失时，行罪无疑。"不能适时种麦，被认为是犯罪。

　　《说文》："秋种厚'埋'，故谓之'麦'。麦金王而生，火王而死。"天体运行，季节更替，麦子顺天、顺时、顺性而生、而衰。秋天，万物凋敝，有望重生的麦子被植入大地，在泥土中安睡，等待来年被春天唤醒。

　　麦子的一生，从仲秋到夏至，历时半年。当盛夏来临，万物喧闹，麦子们已经在暗中沉寂。如果麦子有意识，它也许会

冥想de花朵

回忆田野生活——无数的诗意藏匿在它一点点进行的变化中；
它或许会在期待未来的重生——充盈着静谧而强大的激情。

天地有声

　　科学家发现，生活在伦敦的鸭子近几十年来嗓门变得特别大，原因是城市太嘈杂，鸭子们的语言交际、甚至恋爱求偶都必须使劲叫喊。生活在城市的人遇到了同样的问题：周围太响，以至于我们已经听不到自己身边的声音。自然消失了，人群被包围在单一而杂乱无边的声音里，那些被叫做天籁的声音早已隐退于生活之外，即使是那些"环保"音乐里的鸟鸣、虫虫叫也都是机械模仿的了。用机械模仿自然意境，表达着现代城市人的屏蔽生活和无奈的幻想之道。

　　真想重回自然之境，恢复耳朵对声音的细微感受。还记得水的声音吗？在乡下，在那些远离城市的地方，你的耳朵和内心会被某种发现和惊讶填满，你经常会"发现"声音。也许在某个时辰，你会发现丽江古城是一个要用耳朵来"触摸"的地方，这里水的律动总是绕着小城人家在进行。穿街巷游走，自己仿佛是钢琴上的滑动的手指，运动到不同的地方，就会弹奏出不一样的音符。自然的水声，形成丽江古城的主旋律，流动的节律，应和着古城的市声人语，随时间和季节变换着强度和节拍。如果心随耳动，丽江古城就会像音乐一样带着你的心起伏。

曾经在乡下意外发现天地和声。山雨欲来，七月的玉米地被风掀乱。一条一条的玉米叶子仿佛被挥舞到空中的绿色长绸带，它们在风中摩擦飘荡，发出哗啦哗啦的声响，风愈急，节拍也愈欢快。站在广阔的田野凝神细听，这就是一段激越的田园交响，大风充当着激情澎湃的演奏者，在空中激荡奔突，大地为之感应，为之回响。

风演奏的声音意境，也有中国古典柔婉与含蓄的激情。八月荷塘，风初来，荷叶一层层浮动，声音随着荷叶一浪一浪推进，由远到近，又由近及远。雨点落下，吧嗒，吧嗒——"转轴拨弦三两声，未成曲调先有情"雨愈急，唰、唰、唰唰——"嘈嘈切切错杂弹，大珠小珠落玉盘"风急雨狂，天地迷茫——"大弦嘈嘈如急雨，小弦切切如私语……银瓶乍破水浆迸，铁骑突出刀枪鸣"……而在声音中，优雅的荷花，碧绿的荷叶声色融会，加入了风雨带来的狂欢之舞。

……

现代人再难写出超过贝多芬的《田园交响曲》，除了缺少伟大的才气，还因为那种激扬才情的自然之声完全被屏蔽在自己的生活之外。

还记得空旷田野的声音：2月蚕豆田，豆花藏在叶子中间附和着风声，低吟浅唱；5月，成熟的麦子簌簌摇晃；6月，雨水伴着雷声降至，嫩秧稀疏的水田里，一两声，开始响起青蛙的叫声；8月，雷声滚过，大雨密集，急急的雨声浇打着房檐和阔叶木，掩盖过雨燕切切的叫唤；10月里，稻谷成熟，空透的风中饱满的穗子悉悉嗦嗦，像一群耳语的少妇，说个没完；蝉鸣渐弱，最复杂是冬季的声音，梧桐树上最后两片枯叶在风中瑟瑟作响，风急叶晃，风停叶静，时疾时缓。最后，树叶纷至而落，嚓……嚓……嚓……擦着地面走了。树枝上没有了响动，只有风声渐渐过来，又悄悄远去。

阿四与民选

阿四，学校那个胖乎乎的校工，表情严肃，平日少与人说话。因为智商偏低，大家对他都倾注同情。不同情他的地方多在学校大门口，值班的阿四非常认真，见陌生人入校，他就会执着脸，盘问半天。态度好的，随便编个借口也就进去了，那强硬的反而进不去。硬碰硬，阿四一点也不怕，他铁面无私，毫不留情，执法如山，来者要么按要求拿出证件登记，要么就进不来。让熟人在门口丢了面子的老师自然讨厌阿四，但阿四的那份工作与大家都没有什么利害冲突，知书达理的老师们也就付予一笑而了之。

某年，学校要评出一名优秀中青年知识分子，评上的老师可荣获政府奖并得奖金数百元（一般老师两个月的薪金）。名额只有一个，评给谁？课间，老师们在休息室讨论，笑嘻嘻的，有人说张老师该评，老同志工作态度好，对学生又耐心；有人说该评给李老师，教学方法有创建；也有人说，这个荣誉应该给王老师，他长期带病工作，不容易啊。于是，大家见面都微笑着说：

"X老师，这个荣誉肯定是你的，你年轻有为，很被领导看重啊。"

"X老师，你当之无愧，资格、经验谁比得上你？"

"X老师，得奖后别忘了请客，哈哈……"

但几天后，气氛有些变化，因为大家新近听说获奖的人可终身享受政府津贴。终身，意味着这个奖不只是荣誉和奖金，更是一种无限期的福利，这事变得重要了。老师们三三两两在一起时，话题变成了各种猜测。

"……凭什么给他？要民主选举才算数。"

"那种人有什么资格？……"

"……再怎么也排不上他呀？"

"那个人？他可以，我们排哪儿呀？……"

星星点点传出的话语像钢花一样灼热、有力，软对抗开始弥漫。

最终，当然是通过最民主的方式来选举，无记名投票。在大会议室，一个个小纸团被送到检票箱，行政秘书和校办公室的工作人员认真统计，当众宣布，结果出人意料，但老师们都很放心：除了少数老师分别有一两票以外，校工阿四获得最高票数!

阿四自然不可能成为获奖者，校领导对老师们如此行使民主权利相当恼怒，结果，当然是不再搞民选，几日之后，有人在电视里看见校长戴上了大红花。

夜临时分

夜晚在空际悄然降至。

暮色氤漫，将我隔绝在昏暗的灯光里。时间消融于黑暗，寂无声息。迷离的晚上，一些真情悄悄绽放又无声萎谢，如遥远的香息倏忽袭来又转瞬即逝。

这个时节，一如遥远的往昔，所有的蛙声虫鸣都还带着逐渐远逝的故乡亲昵，这该是最让人心动的时间。但此刻，蛙声虫鸣曾引起的感伤生活的回忆早已散淡开，只留下暗夜里一种纯粹的空虚在所有的气息和令人感动的声音之外。在我独处的这个夜晚，决不会再有一种奇异的光辉照亮我。

"所有的故乡都已陌生

所有的地方都不是归宿"

心里那个声音又开始固执地叫喊。

这是我安身的屋子。四壁苍白无蚀，身外还象白天那样一览无遗，而我却被静夜淹没。在遥远无际的心境中，清晰感到某种印象被星星点点的光照亮又很快闪失在重重的冥暗里。内心有一种感动瞬间袭来，可还来不及抓住那种感觉，它又消失了。现在我可以任意无拘坐在地板上，一个人发呆。

书架上排列着许多书，在我眼里，此刻它们已毫无意义，它们跟我一样居身于夜晚的虚空之中。各式各样的彩色封皮遮掩着作者和他们的思想，正象黑夜此刻遮掩着我。静默之间，我感到生命销蚀于时间，象冰块无声无息消融于水流。

"我们从哪儿来？我们要到哪里去？"

生命出现的偶然性和不可选择性至今使我感到神秘难言。突然间，一些遥远的东西再次使我涌起面对生命的茫然。曾经在很多时候，在很多陌生或是熟悉的地方，这种突如其来的茫然常使我心绪缥缈，不知身为何物。为摆脱恐慌，我开始劳顿奔波，在思想的幻惑和生活的庸琐之间往返。有时被思想激动得浮躁不安，有时又被庸常的生活折腾得心如荒漠。我是谁呢？

窗外，有一阵风哗然而起。我听到树叶微雨般的颤动。风声越过房顶，象沉默者不安分的喘息。暗夜里突然有一些瞬间越来越亮，在茫然的心境外，我感到自己被照亮。真情默然而至，使我坠落明亮的深渊。我知道，在很多难以意料时刻，真诚会在寂静和记忆中被唤醒，它超越所有的生存方式，超越所有爱与恨的形式。今夜，它撕开迷茫，同夜晚一起，悄悄在我的空间里降临。

沙发土豆我的妈

　　73岁的母亲把自己埋在沙发里，团着身，伸着头，眼睛一直盯着电视屏幕。有时，家里没有别人，她也会换个姿势，仰身，半躺在沙发上，眼睛依然盯着电视。

　　母亲的身形，现着老年妇女的臃肿，像是破土而出的土豆，在沙发上生根。时间一小时、一小时过去，母亲就这么呆着，经常也会跟着电视哼歌。《你是我的玫瑰花》、《两只蝴蝶》，甚至是"被爱情闪了一下，哎呀！"

　　哎呀！我惊得目瞪口呆。说实话，那些歌，我几乎都没听过。

　　演员谁谁，歌手某某，哪家电视台的主持人，被什么人唱红了的歌，以及哪里发生了什么案子，有什么稀奇事……，眼下，这些事全由母亲向我转述。如果我随口问，唱歌的是哪个，电视里在讲什么？母亲就会兴奋地开始介绍，全方位，多角度，还有自己的评论，这事让她很有成就感，讲话的嗓门越来越高，甚至进入一场滔滔不绝的故事演讲、时事评论。从红掌的种植，到脚指头的保护；从芹菜的药用，到自治防止便秘的粥汤，到国家要人出访……各种信息全被母亲悉数收留。她不但看，而且学，在她建议下，我曾经花8毛钱买了一支眼药水，治好了脚趾甲的老毛病，母亲特别高兴，觉得看电视也可帮着省钱呢。

今年春天，楼下园子花开得好，我跟母亲说：天气多好，下去看看花吧，老坐着对身体也不好。母亲不吭声，然后没有任何表情地关掉电视，坐到自己的床边，拿了一张看过无数次的报纸，一眼也不再看我。我知道，只要是我一出门上班，她就会飞快回到沙发，打开电视机。

从前的母亲，一直腿野。据说她小时候，常常让我那裹着小脚的外婆哀求："小嫚，你咯可以定定呢一下？！"而父亲曾经说母亲是陀螺屁股——坐不住。父亲去世后，一向血压偏低的母亲陡然变成了高血压患者，心脏也开始出现问题，并从此再也没有断过降压药。母亲嘻嘻哈哈的性格似乎没有多少改变，但她开始在沙发上扎根。我曾经对此担心，有意见，不高兴，但我不知道，自己可以给她什么样的生活？比这个样子更好的生活？父亲去世多年，之后是一系列的家庭磨难和痛苦，母亲至今还保留着从前的爽气，想来这已经是她的福气，也是我的福气了。

某天，跟母亲一起看国外一著名电影颁奖仪式，电视里，美国歌手碧昂丝演唱了法国电影《牧牛班的春天》主题歌。听见母亲吸了吸鼻子，然后对我说："歌词写得好，要习惯黑暗，要学会一个人生活。"不爱读书的母亲嘴里蹦出这话，让我突然感伤起来，想跟母亲说点什么，可我痛苦地意识到，人一旦真的明了生命之痛，有些话就再也说不出口了。

我所能做的只是，买了碟片《牧牛班的春天》，挨着母亲一起看，在某一时间，跟母亲一起，当一只怠惰的沙发土豆。

郭　群

伸直手背，拉开距离，老师带着大家做操。我伸手，摸到前面小姑娘的肩膀，她回头望我笑，从那一刻开始，我们就成了朋友。

小姑娘叫郭群，有一个哥哥，一个姐姐，还有一个同胞妹妹。郭群很懂事，爱笑，做事主动，厚道不争，很有当干部的潜质，一进小学，她就被选为班长。我一生有很多幸运，跟郭群的友谊，是我幼年时期的幸运。郭群跟我的友谊从幼儿园时期就开始了。我们一起跳橡皮筋，一起分享不多的糖果和零食，以及小姑娘太多的话题和心事。

郭群的父母在防疫站，都穿白大褂上班。那些年，郭群父母研究的主要课题就是要消灭"千村薜荔人遗矢，万户萧疏鬼唱歌"的凶魁——血吸虫。这一对长辈在我眼中总是温和带笑，非常优雅，他们的家庭氛围令人羡慕。

从省城搬迁来的防疫站不仅带来先进技术，也带来一些非常先进的设施，比如抽水马桶。1972年前后，我被郭群带到她父母的办公地点，第一次看到抽水马桶。原来，先进的技术可以把人如厕一类的粗鄙之事变得没有尴尬，真好啊！

防疫站院子里有个长廊，春季到来，长廊上的紫藤就会长出一串串美丽的花朵。两个小姑娘经常在那长廊里讲私秘话题，互相表达着对世界的迷惑。那时，我们对女人身体发育和来月经一类的事非常好奇，而且有某种畏惧和厌恶。谈论这些话题是可耻的，每次讲这一类话题，我们都要互相起誓保密。

我们的好奇心很广泛，比如，一块被丢弃的酒瓶底，不仅被拿来在太阳光下点燃草纸，也被拿来当作魔镜，用以追求某种眼晕来带的新奇体验。透过酒瓶底，阳光被反射成七色光条，世界变得与往不同。魔镜一样的酒瓶底可以把房子、花园、长廊、紫藤花、甚至眼前笑着做表情的好朋友变成某种被压缩的小影像。一个酒瓶底，带给了我们多奇妙的感受啊！

那天，郭群在我眼前做着表情，挥动着双手，仿佛水晶球里的微型仙女，我深深沉迷其中，仿佛漂浮于神奇的幻境。突然，我被大理石凳绊跌，右手手掌直接就按在了酒瓶底上，锋利的玻璃边缘深深刺进掌心。钻心的疼啊！我好容易才没有哭出来。郭群将插在我手掌上的酒瓶底拔出来，伤口看似不浅，白色的肉翻开来，很快就被迅速冒出的血填成一道血线。血随即汹涌而出，吧嗒吧嗒滴在地上，沁出一朵朵鲜艳的血花。血滴得越来越快，郭群用厚厚的草纸裹住我的手掌，草纸很快就被浸得透潮。地上留下了一大摊血。我觉得头晕，我问郭群：我会不会死掉？郭群说，不会，不过要是再淌血，你就会休克。郭群带着我奔跑回她家，路上留下一条点状血线。最终，郭群父母用止血粉和各种药膏为我止住了血。

几天后，郭群和我又回到长廊。郭群说，好多人被我的血吓着了，这几天没有人再去长廊。她忧虑地看着我，叹息说：多可惜的血，吃五个鸡蛋也补不回来呢。我俩沿着一条很长的血线追索，血迹已经变成深褐色，那些溅开的血迹在地上形成某种诡异的图纹。长廊里最大的那摊血，中间的厚凝部分已经脱落了去，只剩下一个形状怪异的环。郭群小心地拉着我的手，我们看看地上的血迹，又看看蓝得无底的天空，那些血——我生命中的一些东西，就这么消失了去，我们最终也会消失了去，我们的去路是哪里？两个小姑娘少年老成地叹气。

流血，是一件让人害怕的事，我们不会想到，生活其实比流血还可怕。

生活优裕的郭群家有一辆载重自行车，有一天，郭群带着她的同胞妹妹在马路上骑车玩——以她的高度，她只能以某种站立的姿势骑动单车。在她们对面，迎面跑着一张拉钢筋的三套马车。不知什么原因，马突然受惊狂奔，惊惶的马匹将郭群和她的妹妹连同单车撞翻在地，车夫急忙拉缰刹车，一根失去束缚的钢筋在惯性之下往前冲，戳穿了一匹马的身子，受伤的马继续狂跑，车轮碾过郭群……

那个年代罕见的一桩重大交通事故，吓坏了所有的人。其惨状被人议论了好长时间。那匹被钢筋刺穿身体的马，被车辕高挂，两个前腿悬在空中，双眼圆睁，流着眼泪。郭群，当场就没了气息。

后来，那匹被钢筋穿透的马被人将肉分了吃掉。郭群，一个所有人眼中的好女孩，留给了人们无数的眼泪和痛惜。很长时间，我不愿意听，也不愿意说，也不能去想任何关于郭群的事。对于胆小孤僻的我，郭群之死带来的伤害具有某种无法言表的摧毁力。最亲密的朋友以这样一种残酷的方式离世，童年突然有了某种我无法理解的空洞和悲凉。

流水跟着季节在变化。河边的花草依旧生长，野蔷薇的芳香清新而忧伤，它们总是在阳春时节如期而至。塘子里的蝌蚪开始长脚；黑色的水母鸡在静静的水面划出一圈一圈的波纹；水塘上方，那座山总让人心生悚惧。半山那支高大的红砖烟囱，常常有滚滚黑烟涌出，翻卷着翻卷着就散得无影无踪。那是殡仪馆，郭群在那里化作了一缕青烟。高高的烟囱口，就是人们去往另一个世界的出口吗？

我那时上小学三年级，脸色发白，身体瘦小。郭群死去的一段时间，我几乎夜夜噩梦。我不想跟人说心事，我必须自己面对噩梦。我那时就知道：死，是一件活人无法知道的事。

很多年过去了，要不是手掌上那道伤疤，我也许不会这么顽固地记着郭群。伤疤早就不会疼痛了，从身体的角度来说，这不过是一次小小的事故记忆，有时候，我会重新记起玻璃刺进手掌那一瞬间的尖利疼痛，有时候，这疼痛是双重的，它让我想起郭群。

杨 铠

　　第一次见到杨铠是什么时候？我已经想不起来了，隐约记得是在1987年前后，好像是跟吕二荣等人一起见的杨铠。见面的场景我也想不起了，但对杨铠其人却印象极深。从长相、言行到某种文人风骨，到某种文人的迂腐和尖酸刻薄，他几乎完全对应着我想象中的孔乙己——仅多了一副眼镜，少了一件站着喝酒的长衫。

　　那时的杨铠50多岁，深度近视眼镜后有一双突出的眼睛，因为太瘦，脸上没有多余的皮肉，嘴巴就更加突了出来。杨铠衣着规矩，行动也同样斯文——经常两手交叉，一只手掌抚着另一只手背，他打扮得像个从前的先生，说话也像老先生一般：头头是道，谆谆教诲，一板一拍，引经据典，以及跟这类形容词相关。见杨铠的第一面，感觉这人有点烦人，因为他总是要较真，非得钻到牛角尖里去，而且不回头，即使只有细微末节的道理，也意欲扭转乾坤。有段时间，杨铠老在叫嚷要给《大家》的编辑韩旭打电话，说《大家》这样高品味的精英文学刊物，竟也常常会登出让他觉得低水准的东西。《大家》创刊初期，曾经登过作家汪曾祺的一组小文章，杨铠说：汪曾祺真是老了，这组写昆虫的东西"也就中学生水平"。他想通过韩旭跟《大家》较较真，表达自己即使面对大人物也仍然持守的尖刻。可惜杨铠家里没有电话，他就到我办公室来，说：给你的同学韩旭打电话，我要跟他理论理论。不过，貌似"古董"的杨铠，当年对诗人于坚倍受争议的《0档案》却充满激赏，表现出身上某种令人吃惊的"革命性"。

早先，吕二荣给我介绍说，杨铠是个很有意思的人，他有些好玩的个性，心中装着许多大理地方的野史掌故。我认识杨铠的时候，他正在写一本小书《鼓楼胯下》，他对"胯下"这个词的粗俗格外得意，有某种故意而为的反叛——对正统话语，正统思维的挑衅。因为我对他的反叛感兴趣，杨铠于是希望把自己更多的思想拿来让我分享。在1993至1994年间，杨铠一面帮下关金星村写村史，一面整理各种大理掌故。他经常到我办公室，跟我讲下关鸳浦街从前的桃色历史，讲吊草这个地名的来由，讲解放前西洱河畔的子河巷如何积聚了没有钱，却又想嫖妓的苦力，说这些人出的嫖资仅够买一个烧饵块，跟鸳浦街那些嫖客大不一样。我很惊讶，杨铠就说：你认不得的事还多呢！

其实，杨铠是个很有中国传统风月情怀的文人，他喜欢李白，爱读花间词，曾经不厌其烦跟我讲过很多次"踏花归来马蹄香"的迷人意境。忙的时候，我也会稍有不耐烦地驱他走，以免误了我的节目播出。我到昆明工作后，就没有了杨铠的消息，后来听说他死了。这消息让我很难过，遗憾。我曾经有个计划，把杨铠那些关于大理的野史掌故写成一本好看的故事读本，现在这计划已经不可能了，这些生动的故事跟随杨铠去了另一个世界。

　　我再也没有遇见另一个人，能够像杨铠那样兴味盎然却又可以引经据典地给我讲述大理。

少年勇飞

不知怎么就想起了勇飞，这个可爱的乡村少年，我曾经跟他相处无间，虽然那只是短短的几个小时，却是我一生中再也不会重复的经历。

1989年暑假，我与画家去曲靖收集彝族民间刺绣图案。8月天，闷热难当。几个人从县城出发先坐班车，后搭货车，再步行好几里路，来到富源县一个藏在深山里的村子。

村子名叫世迤。雨后，村中道路烂透了，只好赤脚行走。打赤脚要技巧，大脚拇指抠紧泥地，不然会打滑。好在太阳暴晒，一些泥泞表皮开始硬结，落脚下去绵绵软软，泥巴温温的，脚底很舒服。赤脚触地的感觉，令人兴奋。

被领到一户人家。堂屋正中是火塘，东边关着牛，西边铺着床，吃饭、睡觉、养牛、就在一间房子，甚至没有任何板壁相隔，牛粪的臭味非常浓重。（我后来读徐霞客游记，看到他五百多年前到曲靖师宗一带，也是如此。）女主人一脸朴实的笑，让我们先坐在火塘边烤洋芋吃，然后喝呼小儿子去掏些酱来。不一会儿，一个穿着蓝色旧外套的小男孩呼哧呼哧跑来，他瞪大眼睛盯着手中那满满一碗酱，酱汤正顺碗沿往下淌。母亲一看大骂：咋恁憨？小砍脑壳的！伸手给男孩一巴掌。男孩有些不好意思，看我们笑，又用指头抹了碗边的酱汁往嘴里送。

男孩叫勇飞，上小学四年级，脑袋圆圆，大眼睛，壮实，健康，牛犊般生机勃勃。画家和我狼吞虎咽吃洋芋，被火烟呛得眼泪汪汪，勇飞一边看，一边偷偷笑。他突然起身跑去，几分钟后，用衣襟兜了一窝黄梨来。不吭声，递给我。我让他也吃，他说：才不吃呢，有奶腥味。画家说你又没吃奶，怎知奶腥什么味道？勇飞说：这个话题害羞说。

勇飞带我去看村子。水井、老树、小学、村公所，好象再没什么看了。勇飞一拍脑袋，问我有没有见过长成一个繁体字的树？犹豫了一下，又问我怕不怕死人。我说看不见就不怕，他要带我去一片死人的领地，是村里李姓人家的坟场，有棵树长成了一个繁体字。

在山上，我们摘又绿又酸的山杨梅吃，谈论勇飞学过的一篇写杨梅的课文。兴高采烈的勇飞拿腔拿调用普通话说："这是我家乡的杨梅，啊，牙齿被酸倒了！"然后问我：你可以做我们老师的老师，那你小时候的理想是什么？我说是赶马车，可等我长大后已经没有这个职业了，只好当了老师。勇飞的理想是要考上复旦大学，到四川成都去上学。谁说复旦在四川？勇飞看着我又开始害羞，说老师告诉他的，然后很快转移话题，要带我到山头上拣贝壳化石，他亲眼见过。

两人在树对面的山上绕来绕去，这个角度，那个角度，我硬是没在树上看出个繁体字来。勇飞不停挠头，说村里有学问的人都看出那个繁体字了。什么字呢？他可说不出来，又没学过繁体字。

勇飞又带我远看了一座像棺材的山，当然，我们最后也没有拣到任何贝壳化石。

突然又下雨，我随勇飞到松树下躲雨，半天不停，只好冒雨回家。路上，勇飞先摔了一跤，像只滚跳的皮球，然后是我一屁股跌到泥地里，索性坐在泥水中淋雨，两人笑成一团。之后，在泥地摔跤似乎变成一件开心事，他一跤，我一跤，越摔越开心。

回到家，勇飞母亲一看我二人浑身泥湿，就高叫着"小砍脑壳"追着勇飞去打，勇飞又跑进雨中去了。

勇飞母亲借了一些绣品给画家拍照。烟熏火燎的火塘边，勇飞的姐姐教我一些挑绣针法。挑绣又叫十字绣，可以用彩线在布面上绣出简单或繁复的图案。我特别喜欢那种单色底布上绣出的单色图案，蓝底白花，黑底白花，有某种简约与纯粹的意味。

当晚，在勇飞家铺着稻草的床上睡觉，那是他们家最好的床铺。

深夜，被突然响起的鞭炮声惊醒，四处狗叫，很快又归于平静。床那边的勇飞姐姐说，可能是有人定亲——趁着父亲们的酒兴，也可能是有人死去。勇飞19岁的姐姐小声叹气，她就要结婚了，她说这里的女人很可怜，甚至不能自己选择结婚对象。不过女人们最担心的却是生孩子，生了儿子皆大欢喜，如果是女婴，孩子很可能会离奇死去，为母亲赢得一次再生儿子的机会。勇飞姐姐说，有个女人曾经生了两个女娃，第二个孩子奇怪地死掉，这个女人知道她孩子是怎么死的，于是疯了。

突然有些害怕。翻来覆去睡不着，褥子下新稻草的声音变得特别响。寂静中又想起坟地的那棵树，这里的人们相信，它会从死去的先人那里带来某种神秘预言。会是什么样的预言？短短几个小时，我似乎已经触摸到这个乡村生死场的边缘。这个寂寞的乡村，到处充满人世死生的暗示，魅影重重。

天快亮时，终于睡着，迷糊中又在鸟鸣、鸡叫、蜜蜂的嗡嗡声中醒来，一个特别晴朗的天气。

画家的相机里拍满好看的乡村风景以及各色绣饰图案，我得到勇飞姐姐一块非常漂亮的挑绣帕子，蓝底上绣满繁复美丽的白线花朵，让我心动不已。我把自己的一只手镯给勇飞的姐姐，又把随身带着的英雄钢笔给了勇飞。临走，勇飞的母亲和姐姐拉着我的手不让走，勇飞姐姐眼泪汪汪，一双手捏得我生疼。只不见勇飞去了哪里。

走出村口，看见大树后藏着一个小男孩悄悄探头，是勇飞。他手中拿着英雄钢笔，神情寂寞，也不笑。我一招手，他就躲回树后。好长时间，走过几个S形弯道，见勇飞还在某处看我们。

冥想de花朵

　　高处的勇飞好像停在山沿上的一只小蝉，云朵在他身后变来变去，他就那么一直站着看，不管我怎样挥动手臂，始终不见他招手。

小郭的无光世界

　　小郭19岁，从来没有看过电影，但他知道有个电影明星叫成龙，知道演《功夫小子》的释小龙，甚至知道一个叫做吴京的武派影视演员。小郭觉得电影是个迷人的东西，好玩，有趣，一些人在电影中打来打去，死掉，又活过来。"拍电影是不是要死好些人？……那些人咋个可以在电影中死掉，又在演完电影后活过来？"小郭非常迷惑，他的两个眼球完全蒙在白色的阴翳后，透不出一丝眼神，那双大大的眼睛，好象永远都在看天。

　　该怎么跟小郭解释电影？电影为什么是假的？为什么又让人信以为真？电影中的生和死又是什么？

　　小郭的手指按压在我颈椎部位时，我的脸正对着一块暗淡的地面，天就快黑了。

　　小郭说自己五岁以前看过光——阳光，火光，烛光，灯光，现在他可以从空气的温度中感受阳光，也知道很多有光的东西都会有热度，只是，他已经想不起光是什么样子了。

光是什么样子？

白昼的光已经隐逸，房间变得黢黑。小郭没有感到天光的变化，他没有想到要开灯，他已经完全习惯了黑暗，光线变化对他没有任何意义，而我努力忍住了想让房间光线充盈的愿望。黑暗浸淫，我有某种习惯性的不安和内心紧张，而小郭却安然于黑暗之中，他一边按摩着我疼痛的颈椎，一边言笑盈盈，不停地问关于电影的各种难解之事。

我想不出该怎么跟小郭讲他曾经听到过的电影，在黑暗中，语言和概念显现出某种无力和暧昧：语言的可能和限度是什么？概念所无法廓清的那些东西，我们如何才能认知？突然想到，如果让那些少数的人——比如盲人来定义这个世界，一切将会怎样？而事实上，这些黑暗中的少数，我们从来就没有真正了解他们感知世界的方式，也从来没有真正走进他们的精神世界。现在，我感到跟小郭之间横亘着视觉障碍和语言壁垒这双重隔阂，我以为语言可以到达的疆界突然消失了，世界的深度变得难以抵达，概念的确定性失去依恃，事物变得暧昧难明。如何才可以突破这语言和概念的迷障，让黑暗与光明融通？

一个长期从事眼科治疗的医生发现，那些从未见光的眼睛得到视力后，看见的世界只是一堆深深浅浅的颜色，他们的视觉没有空间感，当他们要确定自己与另一个物体的距离时，仍然习惯闭上眼睛，用手脚触摸来确定位置，最让人难以理解的是，有的人在恢复视力看到光影闪烁的世界后，竟然还是愿意呆在自己熟悉的黑暗之中，光影世界带来的迷乱让他们感到害怕。医生的这一发现，推翻了很多人自以为是的臆想。

　　黑暗中的小郭安然平和，完全没有一般人所想象的悲惨和怨尤。居身黑暗而安之若素，小郭内心显然有着某种比光影世界更加纯净明澈的东西。小郭，这个很小就失明的男孩子几乎没有任何要抱怨的事，靠按摩为生，他觉得生活没有什么不好。有时，小郭会跟别人一起听电视，他喜欢武侠片，容易听懂。小郭说自己老在猜测着光影的种种样子，即使看不见，就想想也觉得好玩。小郭不像我想象的那样喜欢外界的声响，他也不喜欢听收音机。小郭说，很多时间，他还是喜欢安静地呆着，他不觉得孤独，因为孤独和寂静就是他生活的一部分。在小郭的身后，在黑暗之中，我感受到了一个世界——小郭那个无声无光的世界，那里有着我们决然陌生的一种黑暗，以及，我们所不曾经历过的宁静，那深渊一样的静默。

四姑爹

四姑爹去世了，因于衰竭，今年，他94岁。

如果在大理，姑爹的丧事就要被说成是"喜丧"，大家都要争着去送殡，争着抬到棺材。抬不了棺材的，也要拿走丧宴上的碗筷，让自己和子孙都沾沾长寿者的福气。

我和大姑妈、二姑妈、小姑姑家的表姐表哥们到跑马山为姑爹送行。在父亲这个家族里，我年龄较小，坐在车最后一排，看见表哥表姐们一片白发头顶。我最大的表哥，也快80了。一个表哥带着从前的笑将手垂到膝下：当年，你就这么点，还在幼儿园吧?

是的，那年，我大约5岁。

我的表哥表姐们，现在都已经退休，他们在家做饭、带孙子、锻炼身体。大家见面，微笑，嘘寒问暖，回忆往昔，感叹不已。

近些年，频繁送别逝去的亲友，越来越多地出入殡仪馆，那些不间断被推过身边的尸体已经不会引起我内心恐惧。人对死亡的接受，就是在这样的经历中一点点加深。

在焚尸炉前，工作人员打开浅蓝色的裹尸袋，让我们最后看姑爹一眼。胖胖的师傅说"看看吧，每个人都来看看，就要入炉了。"我们过去，对着冰冷的姑爹说：您慢慢走。您好好走……

被化过妆的姑爹，嘴里塞着口含，鼻孔堵着棉团，陌生，冒着冷气。我眼泪突然就落了下来。想起小时候曾经被姑爹举到空中，他拿着大把的糖果塞满我衣服口袋，经常，姑爹手中会晃着一袋果脯，大嗓门北京腔：小映紫，来吃"小应子"……姑爹喜欢垂下身子对我说：来，亲亲看姑爹的脸扎不扎？我贴过脸，感到姑爹温暖的脸，还有被刮过的胡子茬。现在，姑爹的脸上已经没有生命的温度与柔软了。

姑爹，姑爹，好走，慢走，安心走……

炉门哐噹关上，听得见炉火烘烘作响，姑爹的形体跟这个世界永别了。

半小时后，骨灰出炉，工作人员——一个年轻的小伙子——认真分拣，腿骨在下，肋骨居中，其余细碎的骨灰铺在骨灰盒的上层。盒子有点小，小伙子拿出一个类似锤子的小棒，压压，再压压。碎裂的声音，听得我内心惊颤。我知道，自己对那已经四分五裂的骨殖仍然抱有某种生命的感情，这感情让我有着莫名的疼痛——某种之于人的抽象痛感。这因幻想而来的疼痛和感情，太甚，我想逃离！

骨灰的最上层是头盖骨，好像还要让骨殖保持着生前的身体秩序。可是，这种秩序已经全然是一种安慰性的仪式了。这仪式，给死者和生命以尊严。

姑爹的骨灰暂存在殡仪馆，跟那些基督徒安放在一起。看见钉在十字架上的耶稣，没有痛苦，只有悲悯。我不知道姑爹是什么时候皈依了上帝的，只知道他在中学当教员，从不关心政治，练书法，练气功，并以此作为自己的养生之道。从前去姑妈家，经常看见姑爹半蹲马步，双眼微闭，万事不管，自己运气。他写一手漂亮的书法，曾经拎个半导体跟着哼京剧，他一高兴就拿个鸡蛋，用手心握碎了给我看。练过气功的姑爹，手劲很大，院子里那些年轻的后生，几乎没人可以扳手腕赢他。姑爹一生都在保养自己的生命，现在，生命带着他将近一个世纪的经历，离开了他的身体，去往某个自由之地。

在跑马山，我给天地神灵烧香，让神们接纳好我的姑爹；我也给姑爹烧了三炷香：祈愿姑爹在那个世界依然好吃好在！

侯叔叔

我是在看到绿色发光的云彩后，看到侯叔叔的。

美丽的云景显然是梦，在那里，眼睛凹陷的侯叔叔豁着没牙的嘴朝我笑，我于是很想念他。

侯叔叔是我父母的同事兼邻居兼朋友，老昆明人，和我父母一起到大理援建，后来留在大理。象我的父母一样，侯叔叔讲地道的昆明话，有老昆明人温和随意的处世态度，在吃的方面保留着绝对的昆明口味。我父母叫侯叔叔"老猴子"，他对这称呼报以嘻笑。

我小的时候，听母亲说侯叔叔市井气息浓，有"街味"。那时的"街味"跟现在所指不太一样，街味，意味着市井的，街道上某种俗气的。我那时并不知道什么是市井气息，但侯叔叔显然与我父母过分强调教养和体面截然不同，我父母不欣赏市井气。侯叔叔快乐，随意，信口说话，表达某种粗俗时也毫不在意。侯叔叔有两大嗜好，一是喝酒，一是唱戏。他会拉一手好胡琴，家里还有戏班用的专业打板。侯叔叔家有六个孩子，巧的是老五刚好比我小一岁，侯叔叔就说我将成为他家的五儿媳。我对这事并不在意，我相信自己长大了一定还会喜欢别的男人，但这种想法并不妨碍我和老五亲密相处。在我的幼年时期，侯叔叔家的老五、老六都是我最亲密朋友。

受侯叔叔影响，他全家都会唱戏，而且都能有板有眼。喝过酒，又黑又瘦的侯叔叔就会变得生动无比，他半闭双眼，陶醉地拉胡琴，侯妈妈在旁边打着响板，他全部的孩子就会一一登场唱京剧，大的孩子还会唱些老戏，小的孩子唱样榜戏。上世纪七十年代早期，几乎所有的样榜戏都会在他家上演，侯家其乐融融，让我曾经觉得做侯家的五儿媳也是很快活的。其实我最羡慕侯叔叔、侯妈妈会唱老戏，比如"苏三离了洪桐县"，但这多半是偷偷地唱——因为这些老戏都是"毒草"。通常，侯叔叔想唱老戏又没地方躲的时候，他就会把唱词改了："苏三想吃凉米线，盐巴辣子多放点……"，我们听了开心无比。后来，我一高兴也想来一腔："苏三想吃豆焖饭，只是火腿要多一点……"

在侯叔叔家，我有了平生第一次在人前正式演出的经验，侯叔叔拉胡琴为我伴奏《红灯记》中李铁梅的唱段"都有一颗红亮的心"。小时候，母亲总说我是拉不出圈门的"面糊头"，但侯叔叔说我唱得好，"可以去考戏校"，这个评价让我有好一阵子快乐无比，而且自信。

除了自信，我在侯叔叔身上还学到一种东西：自我解放。

侯叔叔是单位会计，收入不算高，侯妈妈没有工作，家中八口人的生活全靠他，常常很拮据。不过，没有关系，侯叔叔很会乐。我曾经见他就着一只油炸蚂蚱有滋有味地喝了满满一杯酒，也曾经见他就着豆大的一块卤腐把自己喝到兴致盎然。侯叔叔总是很放松，发火，唱戏，醺醺然，说话做事不受约束，时时都表现出内心解放的样子，让我格外钦佩。

某年过年，侯叔叔给了我两毛压岁钱，母亲知道后很不高兴，一是要别人的钱非常不体面，二是小小年纪就爱钱，长大了没出息。我曾经立誓长大后要报答侯叔叔，但我没有机会了。母亲说，当年，当所有人都小心回避侯叔叔的病情，他却嘻嘻哈哈向遇到的每一个人发布：我得的是肺癌。侯叔叔没能等到我挣钱就去世了，那时他还不到六十岁，一个懂得快乐，懂得自我解放的人就这么潦草地被湮没了。

那天晚上，我在美丽的云景后看到一脸嘻笑的侯叔叔，我猜，他在天上一定又找到酒喝了。侯叔叔，您喝好了啊！

金花子

金花子，从前我们用来称呼那些腰包鼓鼓却出手抠缩，特别有钱却特别吝啬的人。金碗够值钱的吧，可人家手捧金碗，甘当花子，让那些充满花钱狂想的人很是看不起。

金花子，在文学作品中的典型，就是巴尔扎克笔下的葛朗台。这个全球闻名的吝啬老头守着几乎堆满整个房间的金币，最终却看着神父十字架那薄薄的镀金而激动气绝。我的身边的金花子没有小说里那么精彩，但绝对真实。比如，宿舍区著了名的老吴。

"吃菜要吃白菜心，嫁人要嫁转业军"。1970年代，谁都知道找了转业军人，好日子就来了。营级干部老吴转业后当了工会干部，每月50多块的工资——足够养活四五个人。很多人追求老吴，各种已婚的女人们也热心地为身边人张罗，谁家的姑娘，谁家的妹子，谁家的小姨子……大家都希望这个有钱的单身汉成为自己身边人的丈夫。

老吴个儿矮小，面相相当一般，上唇留着稀疏的小胡子，有一双水汪汪的眼睛——有时很迷离。 老吴话少心善，人也不错，虽是营级干部却没有一点架子，扫地，掏阴沟，捡废钢铁，参加周末的干部劳动……这些活计他也从不偷懒，只是有一点，人小气。他从不会赶着买刚上市的时鲜蔬菜，也从不买甲级肉——又肥又嫩的那种，他不抽烟、不喝酒、不吃零食也从来不请人吃饭。老吴有很多不做的事，但坚持得最久最大的一件事，就是不结婚。大家一致认为这是因为老吴害怕自己的钱被别人分享。

老吴其实有过约会，谈过恋爱，但跟他分手的女人都说：没见过那么小气的人：吃饭吃素，穿衣缝缝补补，舍不得香皂、舍不得雪花膏、舍不得买块厚棉絮垫床铺。好不容易要谈婚论嫁，依然紧捂腰包，一毛不拔。那几个跟老吴约会过的女人曾经凑在一起，罗列了老吴吝啬情状之种种，舆论总是对老吴不利。老吴的小气，被编撰成各种滑稽版本广为传布，终于，没有人跟老吴约会了。

老吴单身，却在家里养了几只鸭子，水田里捞浮萍，菜地里挖蚯蚓，还买两分钱一斤的田螺来填鸭。当鸭子到了成熟期，老吴还会很奢侈地用热饭团填鸭，他的鸭子可以肥到屁股坠地走不动路。老吴爱他那些肥胖腥臭的鸭子，就像别的男人爱女人，但那些肥美的鸭子几乎从没有外人尝过，只有老吴一只接一只宰了吃，嘴唇都被鸭油润得又红又亮，像女人搽了口红，这让大家又嫉妒又看不起他。一天，某个促狭鬼给老吴的鸭子填了石头，两只鸭子被撑死，刚好那天老吴加了一夜的班，第二天后回到家，鸭子已经完全僵硬了。老吴水汪汪的眼睛充满悲伤，他把死鸭子举过头顶从下往上看，又放下来，用手拨着鸭子屁股附近的毛看了又看，旁人说：这鸭子都死得发紫了，吃了怕闹着，丢掉算了。老吴拎着两只死鸭子去了厕所，在门口停住，约一分钟后，又拎着死鸭子回家。在路上又被人看见：老吴，鸭子死了？呀，肉都变颜色了，吃不得了。老吴慢吞吞折回厕所，在门口老吴又犹豫了……厕所与老吴家，一百多米的距离，老吴来回走了三次，终于怀着无限的惋惜把死鸭子扔了。

很多年后，人们说起老吴，都说其实他不错的，可惜小气误了自己的婚姻。很多年后，我想起老吴，觉得有趣，觉得老吴未婚肯定还有小气之外的理由。那个年代的爱情和婚姻，谁知道呢？

金花子这叫法非常民间，现今已经不时兴了。社会进步了，有物权法了，个人如何处置自己的财物，跟别人全没关系。人就是愿意座拥财富而一毛不拔，把所有财产打成金条抱着而把自己饿成一根芦柴棒，那也是他自己的权利。慷慨大方这种美德还在被大家喜欢，只是事关自己时又是另一种态度。据说一些体面的白领们喜欢在网上广为传布如何在办公室给自己的手机充电、如何用公家的纸、如何在单位大解以省自家的水等等，这些节约秘笈，据说响应者如云，很多人还颇有心得。我于是想起了老吴，他的小气吝啬，用今天的话来说，不过是坚守自己的财富和权益罢了，干卿底事？但老吴显然比今天那些钻头觅缝占公家便宜的人觉悟要高，他不过自己节俭罢了，他并不算计自己之外的东西。

　　老吴若知道今天还有人这般抠缩，一定会喜出望外：其道不孤啊。

老 尹

　　1985年某天，云大东二院三食堂，一个男生端着一口缸饭朝我们这张餐桌过来。竟自坐下后，他开口就问："咯看过萨特？"我和同舍的李宇霞讶异地对看了一眼：这人是谁？然后莫知所指地摇头。男生喂了一口饭在嘴里，又问："咯认得存在主义？"依然是摇头，他就自顾自地开始讲"存在与虚无"。我心不在焉：他想干嘛？李宇霞眨闪着一双大眼睛，不停朝我暗笑。起身要离开时，男生回头说："我叫尹红龄，物理系81级。"然后就走了。男生样子慵懒，面色发黑，眼睛却十分明亮，他戴了一副当时最常见的大宽边近视眼镜。我后来知道这个人就是喜欢写诗，爱跟中文系人混在一起的"老尹"。

　　后来在路上看见老尹，只好朝他的目光做些招呼的表情，但我也开始到图书馆查找萨特和存在主义的资料。20世纪80年代，哲学和文学几乎是大学校园最被崇尚的话题，质疑和批判精神也正在形成，从尼采"上帝死了"，一直到加缪"局外人"的荒谬，让我们不断去想"拿生命派何用场"（这是我曾经引用萨特并记录在卡片上的话。）因为老尹，我认真看了萨特和存在主义的一些东西，不甚了了。记得其中的只言片语，比如萨特曾经说"人注定要自由的"、"一旦自由在人心中点燃起指示灯，诸神对他就没有任何力量了。"我因而也认定，自由应该是人生最终极的意义，就好像毛主席所说的：从必然王国进入自由王国。

20世纪80年代中期，流浪是一个带有梦想性的主题。流浪意味着自由、英雄主义和对秩序、意识霸权的反叛，流浪者是女生们心中的英雄。但对自由的追求其实只被很少人付诸行动，比如老尹。1985年6月的一天，我正在开水房外洗碗，老尹从后裤包掏出一张黑白照片递给我："我要去新疆了，我不要分配的工作。"照片上的老尹穿喇叭裤，白衬衣，懒挎挎的姿势，戴着一副巨大的墨镜。我很震撼，老尹把照片给我就走了，很有些决绝的英雄样子，我马上就对老尹生出一种敬慕之意。

老尹好像英雄一样丢了昆明的好单位，他干得真漂亮。

弃绝平庸生活，使老尹一下子成为女生心目中的英雄人物，将流浪付诸行动也使他与很多梦想家区别开来。几个月后的1985年秋天，我突然在云大东二院门口又碰见老尹，他似乎有几分不自在。老尹说："我又回来了，新疆没意思。"然后，好像就到一个中专学校报到去了。之后，在当时的校园刊物《银杏》上零星见过些老尹写的诗，充满了英雄主义色彩。不久，又听说老尹辞职了，去南方了，到深圳了，又在海南了，又听说老尹现在变了，实在了，要赚钱了。

　　1986年我毕业回大理，当了语文老师。大约在1988年的秋天，我的同班同学文润生突然带着老尹来我家，好象说老尹在海南出了点事，又回云南来了。还没坐稳，老尹就从后裤包里掏出两张纸来，说他新写的诗，想知道我怎么评价。诗歌的具体内容我记不太清晰了，好象很愤怒，带有一点隐晦的色情。老尹说：我要么当英雄，要么就去死。文润生和老尹在我家吃晚饭，看着老尹吃饭的样子，我有一种感觉，老尹不会去死，他的英雄色彩正在被现实消解，他需要吃饭，需要找地方睡觉，需要换衣服，洗澡。吃饱饭的老尹表情里多了一丝诡异和嘲讽，大理宽容地接纳了老尹。

　　在大理那段时间，老尹时常在古城楼上喝着我们的朋友吕二荣的酒，一副舒服超脱的样子。有时他带着一些坏坏的笑，逗女孩子。老尹在大理的时候经常喝酒，老醉，醉的时候就想打架，惹了不少麻烦。老尹在大理古城什么事也没做，花了别人的不少钱，之后，又走了。我记得那时候的老尹，穿一件粉红色的厚T恤，阴丹蓝的喇叭裤，经常端一杯红酒，出现在大理南门城楼上，阳光晴朗的时候，最醒目的就是衣着奇怪鲜艳的老尹，和城楼上色彩陈旧的牌匾，上面写着"文献名邦"。

　　1994年底，我到了昆明，在电视台工作。1995年深秋的某一天，韩旭约了老尹一起吃饭。老尹更黑，神情落拓，穿一件笔挺的中式外衣而且向我们宣布他已经戒酒。我们在环城路上一家叫做"台北餐厅"的快餐店吃饭。老尹很礼貌的样子，当我们出门横穿马路时，老尹站在路中间凛然挥手拦住一辆飞驰而来的大东风，然后朝韩旭和我一弯腰，一滑手，让我们过马路，全然是个绅士，又好象我们的保护者。这边，汽车司机正破口大骂。我很尴尬，老尹倨傲的样子让我又看到某种注定反叛的情结。

1995年，我正在变成一个勤劳的电视编辑。这时候，老尹和一个比自己大好几岁的女人住在一起，他又开始写诗。有一天晚上，韩旭和我跟着老尹来到他家——其实是他那个做生意的同居女友的房子，家很窄，打着一张大地铺。老尹就象几年前一样，从后裤包里掏出一张纸来，要我评价。他说："你要说好，我就把它撕掉；你要说不好我就自杀。"说完，老尹就直愣愣盯着我。潦草，没有写完，我不知道老尹想表达什么。"怎么样？好，还是不好？"看我不吭声，老尹从我手里抢过稿子，打火烧了。做了几年电视，我已经强迫自己放弃文学式的姿态，投身于技术性的表达之中。老尹的举动让我感觉到自己身上的一些东西被消磨了，同时又陷于某种内心恐惧——我痛恨这种恐惧。我想起了毕业几年后某次于坚见我时说的那句话，"你们向生活举起了白旗"。举白旗的我看着老尹依然扛着一杆褴褛的理想主义大旗，徒劳地做着反抗的姿态，突然悲从中来。毕业快10年，我已经习惯责任，习惯自己不喜欢的秩序，我已经不会像老尹一样叛逆。

从老尹家出来，我哭了，那是个降温的晚上，冷雨，暗橘色的街灯。骑车走在人民西路，我觉得好冷。后来我跟韩旭说，我很难过，我再也不想见到老尹了。

关于老尹，后来零星听到些消息：醉酒，受伤，找到工作，又去了什么地方……不管怎样，老尹是朋友们经常提到的人，多少挂念着他，但我们都不知道怎样的老尹才是期待中的人物，也说不清楚对他还有什么样的期待。

无奈——对于老尹，对于我们无法把握的未来。

之后也偶尔见过老尹，门牙掉了一颗，脑门上有伤疤，依然喝酒。然后，老尹的消息越来越不真实，越来越有传奇性。关于老尹，消息也越来越不确切。我后来已经不知道他在哪里，是否有工作，怎样生活。大家都在各自的生活里忙活，见面时，再也没有人谈一种叫做理想和自由的东西了。

很多年后，我们那些当年满脑子叛逆想法的朋友纷纷结婚，生子，不说随波逐流也慢慢在生活中变得沉寂。

"总有一天，我们都会结婚生子。"当年吕二荣曾经少年老成地写下这样的句子。他真像个预言家——即使这预言毫无悬念。

关于老尹，话题也在变少。直到有一天，和老友在一起，大家一高兴说了很多从前的事：那些激情，叛逆；那些追求长久的执着，柏拉图式的爱情晕旋；那些渴望崇高的天真，崇尚美德的纯情；那些无法弃掷的责任感……1980年代的大学，仿佛是一个理想主义的园地，我们舍弃不掉的一个年代，所有的回忆好像都充满了各式各样的意味，我们说起美、崇高和悲剧，话题怎么就到了老尹。在我几乎遗落的记忆里，老尹好像一个符号，充满了很多从前的意义，只是在叹息的时候，我经常迷惑，不知道是要为老尹还是要为我们这群人难以言说——更多的时候是懒得言说的处境。

时间侵蚀着人生，有人感到疼痛，有人只感到虚无。英雄和悲剧都是写给别人看的，我们从前并不知道这一点。

冥想de花朵

我们那群人
——写给我1980年代的文学朋友们

　　1982年，我终于放弃理科考入云南大学中文系，我父亲高兴之余也有些无奈。父亲生在20世纪20年代，读旧时诗书，却选择新中国的建筑作为自己的职业，在他的价值体系里，一砖一瓦盖房筑屋，为人生建造最基本的物质庇护，比舞文弄墨对社会更切实有用。父亲本来希望我能够用实在的技能养活自己，并远离那个让他心有余悸的"意识形态"领域，眼见着小女儿最终为自己选择了一个"舞文弄墨"的未来，他心里不甚踏实。

　　不能如父母所愿考进工科或是医科大学，我有些沮丧和失落，但这情绪很快就被阅读的自由和快乐取代了。中文系的学习必须完成大量阅读，而大学图书馆众多的书籍，突然打开了一个我从未想象过的精神世界，我仿佛经历一场冒险，把自己抛掷到从未接触过的文学作品之中。1980年代中前期进大学的人，大多跟我有同样的心里历程，文学及其表达方式，成为我

78

们精神冒险的途径。

80年代初期，以"伤痕文学"为代表的"反思文学"，昭示着思想领域的解禁，也将经历了红色意识洗礼的中国人带进一个前所未有的信仰和精神探索时期。对于那个年代的年轻人，文学作品所表达的思想无疑成为某种价值象征。现在回想，我们那时正处在一个过渡时期，一场关于价值的革命与颠覆即将开始：一代人即将从共产主义宏大理想和集体主义等意识形态的抽象符号转向个体本身。人道、人性、人本、人生……对人的关注，对价值的探寻与思考，动摇着从前的精神信仰。我们不再相信从前的说教，我们开始怀疑那些空洞的主义，我们必须自己找到一种思想途径，文学与哲学，成为精神探索与冒险的推进器。

记得女生们经常背诵《简·爱》"我们的精神是平等的，……我们都将经过坟墓来到上帝的面前"这类宣言似的句子，喜欢讨论什么才是真正的精神独立和尊严；也会阅读萨特的《墙》，思索那种冰冷的警示：他人即地狱。我们在青春之际开始生存意义的追问，哈姆雷特的质疑——"生存，还是死亡，这是个问题"——给了我们一种从未有过的话语方式。……文学以一种具有纵深感的表述，让我们来不及多想，就被身心卷入。阅读、思索、讨论、学习，就是我们全部的精神生活。现在来看，在那样一个特殊的年代，我们那样一群特殊的人，注定要通过文学找到自己。

在当年的大学中文系，很多人把文学设定为一种最高理想，理想的第一个级阶梯，就是把自己写的东西变成铅字。1982年我刚进云大，就得到一本校园文学刊物《犁》，蓝色油印，刊登着77、78、79级同学的诗歌散文，印象最深的名字是费嘉、李勃、张慈。费嘉那种优美、轻灵，才子型的诗歌，投合了很多小女生朦胧美好的心思，我们几乎来不及多想，就迷上他的抒情风格。李勃、张慈的散文，成为我们私下模仿的文本。《犁》上那些作品大多没有什么厚重感——即使有，也带着明显的刻意。《犁》风格鲜明的个人化表达，对我们这群背诵着毛泽东语录长大的人，无疑充满了吸引力。某种看得见的现实让我们激动：以《犁》为核心的高年级同学，如此才情飞扬之人就出自云大中文系，燃起了很多人暗藏的文学梦想。

1982年，大学新学期刚开始，中文系82级某个男生宿舍就出了一个"舍刊"——刊名好像叫"星星草"之类的，几个男同学用钢笔字以手抄的形式把他们的诗登了出来，这个舍刊维持时间不长，它那种手抄风格和幼稚的黑板报样式，代表了早期校园文学刊物的基本特点。几年以后出现的《银杏》，依然可以找到类似的手抄痕迹：油印，装订简单，手稿特质，大多数作品非常幼稚，其中充满着各种歌咏乡村、大地、河流、泥土的诗，也有表达爱情和乡愁的忧伤情思，还有一些模仿着晦涩的现代主义风格，语言充满探索性。

1980年代的大学校园，各种文学刊物办得轰轰烈烈，除了校刊、系刊、班刊，还有各种团体和特别小圈子的同仁文学刊物（手抄本）。各地的文学刊物之间也在互相交流转赠，文学成为一种精神时尚。

　　1983年10月，以云大中文系学生为主要成员构成的银杏文学社成立，于坚是最早的发起人之一。有趣的是，银杏文学社成立早期，有好几个来自大理的人：第一任社长朱红东，81级；第二任社长张稼文，82级；第二任主编文润生，82级。来自大理的还有81级的蔡翼、82级的郭文平、颜冬昀和我。80级成为银杏文学社最高年级的社员，主要有于坚、韩旭、姜大才、李洪涛、吴丹、王德明等人。

　　银杏社那群女生很惹眼，我印象深的是1984年前后的银杏社，82级女生成为女社员的主力军，有杨黎坚、杨林青、王英、陈俐媛、李宏等人，这群人漂亮，能闹腾，不但爱写，也特别爱玩，经常做带有反叛性的小尝试，喜欢各种无伤大雅的冒险行为和恶作剧。除了文学，女生们还喜欢另一件事，跳舞。80年代初期，交谊舞开始在大学流行，只要有一台录音机，用彩纸装饰一下教室，舞厅就有了。女生经常受到本校、外校各种男生（包括各种陌生男生）的跳舞邀请。常常，我们一伙女生去跳舞，身个较高的杨林青、王英，就充当大家的男舞伴，那时，我们几乎跳遍了昆明所有的大学舞场！

　　印象中银杏文学社的成立很庄严，我记得一群人好像在银杏树下搞过一个什么仪式，还写了一首我从来也不会唱，现在已经彻底忘记的社歌。银杏社成立之初，给每个人颁发了一个有红色塑料封皮的社员证。今天问及，很多人的社员证都不在了。我的社员证遗落在一堆旧书中长达20多年，前两年母亲处理旧书时，被意外刨了出来，第17号。印象中的1号社员，是于坚。

1983年10月初，银杏文学社正式成立后第一次郊外活动，大约20多人登上了昆明北郊的长虫山。荒凉的景致，富于画面感的白色石阵，在我们的眼中，具有某种现代主义风格，是绝好而极富意味的文学背景。一群满腹热情与空想的青年人热血涌动，一些诗句被人大声朗诵。我已经记不起是否还有过那种宣言式的场景，但我记得有人大声叫喊：看啊，这石阵，就是上帝的坦克！一群男女在长虫山顶跳当时最前卫的舞：恰恰，迪斯科，然后手拉手围圈打跳。跳舞的时候，于坚把酒瓶举过头顶，半闭眼睛非常投入。然后，所有人传着瓶子喝了一瓶高度白酒。两口烈酒下肚，少年模样的张稼文就开始步子趔趄，靠在一窝白色的大石头中间迷糊；有男生对着某个方向下跪，背诵着无人听清的诗歌，有女生拿着随手采摘的小野花，献给了昆明的天空……

一个多么奇特好玩的场景！

银杏开始刊发社员们的诗歌、散文、小说等文学习作。

1985年前后，昆明高校文学社热闹无比，云南师范大学的"红烛"、民族学院的"野草"还有昆明工学院的"原上"、云南工学院的等等。学生宿舍经常聚集着来自不同学校的文学青年，讨论着文学、人生、价值、意义等抽象话题。当时还没有什么名气的吴文光，曾经被于坚带来玩，俩人拿了一瓶西凤酒，用报纸包了一包烧豆腐来女生宿舍，我们一群人高兴地把这瓶高档烈酒和烧豆腐吃得精光。长着一张娃娃脸的姚霏也常来云大男生宿舍，1985年他已经从华东师大毕业，在云师大教书，那时的姚霏，面色白净才情飞扬洒脱无羁，他正在以令人惊讶的才华写小说，被称为中国先锋小说的代表作家之一。各种知名作家、诗人被请到学校参与校园文学活动。校际联谊活动和形形色色的交往，借着文学之名展开——比如诗歌朗诵会后接着一场舞会。后来，也有一些人冲着漂亮女生而来，期望某种浪漫际遇，一些根本与文学无关的活动和聚会也随之而来，文学成为少数人的饰物和借口，甚至成为起哄与矫情的起点。

　　大约在1984年底，文学社在东二院学生宿舍二幢一楼拐角的活动室开了一个咖啡馆，女社员们充当服务员，负责烧水沏茶，为客人冲速溶咖啡，用奶粉冲泡牛奶。作家晓剑、严婷婷夫妇，诗人周良沛等人都是那里的常客。在咖啡馆，我和其他女生一边收着一毛两毛的钱，一面做出笑靥如花的样子，跟别人谈文学和思想。文学社也做过别的经营，比如，在各个学校门口卖《语言美》一类的小报，5分钱一份的报纸拿来卖1毛（也不知道利润是多少？），我记得最多的一次，我和蔡燕辗转在民院、师大一带，卖掉了50多份《语言美》。

　　1986年前后，银杏文学社一些人的作品开始见诸省内外的文学刊物，于坚、张稼文、姜大才等人的诗歌陆续在《飞天》、《青春诗刊》、《丑小鸭》、《山花》等文学期刊上发表，那些铅字和荣誉给了其他人巨大鼓舞。课余，除了文学哲学和理想一类的空谈，很多人常常是一副沉迷和发呆的表情，脑子里过着各种感动自己的词句。各种思想的碎片，各种词句的组接拆分，达达、超现实、意识流，存在主义、黑色幽默……，各种可能的尝试，各种夭折的文本，各种激动和不安……文学的梦想无所不至。那真是一个纯粹的精神沉迷时期。20多年后来看，那时的文学社及其热闹的活动，其意义远远超过文学本身，成为了一代人的精神先锋。

1986年7月，我毕业了，被分配回大理师范学校当语文老师。青春，《银杏》，以及校园文学从此远离我的生活。跟我同班毕业的有文润生、郭文平、颜冬昀等银杏社员。原民院野草文学社社长张鸿光，云工建筑系毕业的诗歌爱好者张新荣等人也跟我们同时毕业回大理。

在大理保持密切联系的，依然是一群文学爱好者。朱红东先我一年回到大理州文联工作，他和吕二荣（1983年毕业于云南工学院建筑系）、李贵根（1985年毕业于民院毕业哲学系）往来甚密。吕二荣，笔名林夏，因在《诗刊》发过诗，成为最牛的人（当时的《诗刊》，算得上中国最高级别的诗歌刊物）；李贵根，笔名李根，原民院野草文学社成员。这三人身边，还聚合了很多大理各式各样的文学爱好者，最可爱的是个子1·84米，站柜台卖糖果的刘克，这个率真的大小伙子写了一些不错的诗，大家都很喜欢他。以文学为纽带，大理那一班文学青年成为知根见底的朋友，于是，1986年冬，一个以大理文学青年为核心的文学刊物出现了：《风》。

《风》之初，由吕二荣、朱红东、张鸿光等人拿出部分工资买纸、请人刻印，自己装订，张鸿光负责一些具体的编务工作。吕二荣在下关沙河埂的宿舍，张鸿光在大理报社的宿舍，都当过编辑室。

毕业后的于坚逐渐显现出一个诗人的非凡才华和巨大原创力，他依然保持着跟大理这班人的密切关系。于坚曾经为第一期《风》写了一首诗《风是上帝的呼吸》，诗中把大理一拨文学青年的名字都列了上去。1988年暑假，我和同事到怒江六库玩，住在同学家。某个中午，蚂蚁把我从午睡中咬醒，身心恍惚间，突然听见有个男青年在外间朗诵："风，是上帝的呼吸……"他正在用于坚的这首诗追求我同学的漂亮妹妹！青年竟然声称这诗是他自己写的，我很想冲出去问问他：诗中那个"叫什么紫的人"你认识吗？当然，我没有去揭穿年轻人的把戏，诗歌本来就跟爱情有关，于坚的诗要能成全了这多情青年，也算是一桩美事，只是不知道那漂亮妹妹心动没动。

《风》出了没有几期。据说当时大理的一些老派文人曾经去政府部门告状，说这是一个情调灰暗的"地下"刊物，据说受到调查。我们开始感受到某种无比具体的社会压力。颇感压力的吕二荣渐渐把心思转到大理的旅游开发上，这个从小在曲靖农村长大的年轻男人生出一个美丽浪漫的念头：在迷人的洱海上造一张游船，漂着！1986年，他果然促成了洱海上第一艘游船的出现——只是让别人去漂船，让别人去赚钱罢了——"洱海一日游"从此开始。后来，吕二荣又到大理古城城楼上开发出了一种叫做"三道茶"的喝茶套路，惹出各种白族"茶文化"的后话。吕二荣赚钱点子多，也赚到了一些钱，我们大家就一起花他的钱。我们经常一起喝酒，唱歌，我用吕二荣送我的派克钢笔（价值我一个半月的工资！）写了一些给自己看的诗，至今也未见天日。赚钱，看来比办那被称为"地下"的《风》轻松好玩，我们都感到，文学，不再能解决我们的生计和存在问题。

毕业后，跟我同舍4年的杨黎坚——我们叫她老牛——还保留着在学校时的精神尖锐。我不停收到她用笔记本或随便什么纸片写来的文字——她很少一板一拍写信，要么说想说的话，要么不说，这性格决定了她写信总是随心所欲。大约是1987年，杨黎坚神鬼不知地独自到了深圳、海南，经历了一些奇怪的人事。出门前，她给我寄了一张小纸片，上面写着："与其庸俗地活，不如浪迹天涯，横尸荒野。"我拿着那个小纸片，在大理师范学校收发室的门口就忍不住眼泪汪汪。又过了些时候，老牛给我寄来了一片比手巴掌还小的笔记本纸，铅笔字迹几乎将纸张戳破：

"天要下雨，牛要嫁人，
老钱，我们要接受这世界
这个注定
我们不会喜欢的
鸟世界。"

1989年后，文学的神圣性被打破。我们不再谈论文学，面对日常生活的勇气和信心，成为我们比文学理想更无法回避的东西。曾经操纵着我们精神世界的文学，仿佛昨日春梦，涣散在冷硬的现实生活之外。大家纷纷结婚，生子，过世俗的生活，接受各种懒得言说的境遇。女生们，不再是快乐的小鸟，不再有退路，不再有空想的余地，我们必须担当起各种生活琐事和具体责任，日常地工作，日常地生活。从文学的幻想中走出来，一路经历了各种比纸上文学更加曲折、更加难以言表的内心挣扎，我们不再想把这些东西付诸文字变成某种叫做作品的东西，吞下，在心里沤烂，让时间吸收得没影没形，这就是我们的选择。文学女青年们终于在进入中年之前学会了彻底的平静。

　　……

　　最终，时间做出了公正的判决：让合适的人做合适的事。20多年后，众多泡沫消散在文学的上空，那些拥有真正才华，并能够在艰苦和单调之中坚守创作的人，成为最后的折桂者。就理想和坚持而言，当年绝大多数满怀文学理想的人，都已沉沙折戟，隐逝于无形。今天，除了于坚这样的少数人，我们都从事着与文学创作无关的工作，大多数人的生存方式，已经跟文学没有什么直接关系。我们，进入某种宿命似的存在；文学，回到它正常的位置。

　　这非常合逻辑。

　　一些时间走了，一个年代渐行渐远，二十世纪80年代那一场文学与理想主义高扬的精神事件，结束了。文学的神圣时代，就这么去了。

　　我不知道如果我的父亲活到今天，他对我偶尔为之的"舞文弄墨"会作何评价？事实上，我很想告诉父亲，就我们这一代人而言，文学的意义在于：它支离了从前那种宏大空洞的价值体系，让我们在形而下变小，从空洞的概念具化成个人。通过文学，我们找到自己，并最终成为自己。

　　二十多年后，我和那些当年的文青朋友们以各自不同的方式参与到社会生活之中，我们已经成为不可更改的一群。幸运的是，不管以何种方式谋生，不管时间和世界如何改变了彼此，这群人始终保持着从前那种简单而纯粹的精神联系，某种无需言表的意会。

　　我们注定会以灵魂的方式伴随一生。

黑暗，静默如水。

灯突然熄灭，身外的空间一下就被黑暗挤满。

浓厚的黑在瞬间消隐了所有物体。原本白色方正的屋顶，装满衣物的柜子，无人光顾的梳妆镜，安静生长的兰草，以及床头成摞的图书、发光的台灯本身……，黑暗让它们丧失掉视觉赋予的独立性：边缘、轮廓、形状、质感、颜色……。眼睛所建立的秩序消失了，视觉经验变得无所用途，世界融入混沌。

你生出某种愿望，意欲脱离视觉来体认自己熟悉的一切。你试图在黑暗中给自己定位。行动，意味着必须用脚来寻找支撑面，用身体来触摸，以重新确立距离和空间，以新的感官重建世界。突然发现自己熟悉的物体变得陌生而疏离，曾经熟悉的空间格局变得可疑，器物的边缘和硬度意味着某种伤害的可能，视觉建立的空间平衡不复存在，所有参照物好象被打乱了再重新放置。

你一定有某些黑暗之中的经历：桌子，边缘冷而硬，看不见的碰撞和疼痛；门沿在暗中等待你的头、你的身体，它那开合中暗藏着的众多象征意义，被可能发生的碰撞取消，在黑暗之中，门成为你必须提防的对手。书本在手的摸索中失落，此时，它与思想和文明无关，只是一个在黑暗中会发出响声的重物，而阳台上的花草，只是一些摸起来有湿润感的轻薄之物，……一切都在不确切的经验之中。

其实，一切都还如常，物质实体各如其是——摆放的位置，同样的体积和质地，世界没有消失，消失的只是你的视觉对世界的确定，这个确定同时给了你与物共处的空间和位置。而现在，这个空间和位置不可捉摸，你与物体之间的安全距离不再有参照，你的存在变得孤立，各种潜伏不动的器物具有了威胁性。人与世界的信任关系被打破，固有的平衡被打破，不安全的感觉在膨胀……

人最原始的恐惧，就是对黑暗的恐惧，现在，那恐惧不可抵抗。

很少有人做这样的实验：蒙上双眼，然后用一只脚站立并保持平衡，结果令人吃惊，几乎大多数人都坚持不了一分钟！眼睛是人体最重要的平衡器官，视觉经验构建起人与世界的外部平衡，但我们几乎从未留意这个最基本的事实。

黑暗，彻底改变了光线所构建的人与世界的关系，在黑暗之中，一切都是颠覆性的。在光亮重新恢复之前，你不敢轻举妄动，你不再确信自己，除非你停止行动。黑暗中的安静，充满未知，充满神秘，令你沉沉欲睡。最终，你决定与黑暗彻底妥协——感谢老天，你在如此选择之后还可以回到光明之中，而那些不幸失去视觉的人，他们只能在一个颠覆的世界摸索前行，光明不再会照耀他们的生存。

黑暗来临，你终将可以安时处顺，你终于可以放下事情，放下心情，放下表情，你将在黑暗中回到自己。终于有这样的时候，你可以把自己的一部分像外套一样脱去，让它们继续漂浮于喧闹的外部世界，而另一部分，正在亲密地回到自身。妥协，这不再是一种自弃，而是把自己从行动中解救出来。黑暗中的静息，让你获得一种体验：宛若一块正在沉落的石头，往人生的底处走。这个底处，寂静，幽暗，如生命之初的母体。很多时候，你对这种沉落心安理得，仿佛一颗成熟的种子，回归大地；仿佛深水中沉潜的鱼，世界那炫目的光影已被水波层层阻隔，沉静和幽暗像困顿中拥绕着的深度睡眠，给生命一种必须的遏止。

黑暗，静默如水。

文字之下的昆明生活

10多年前，昆明景星街花鸟市场一个古董摊摆着一张清朝末年的老照片，被我一个舅舅看见，欲买回，那卖古董的却认得我舅舅是画家，好赖不卖。最终，舅舅用自己的一张画换回老照片。那照片上有我的曾外祖父及其三子一孙，后来，我在一本古旧的《昆明县志·艺术列传》里见到曾外祖父的传奇故事。照片上的曾外祖父打扮体面，内敛地望着镜头外，平静，适然，让我无从想象他的传奇以及这个家族那些虚实未辨的往事。

叙述产生传奇。

传奇离真实的生活有多远？在时间和空间的双重距离之下，先人们的生活及种种生活轶事被语言隔离，由烟火尘俗变为艺术传奇，这中间的转变，正如同此时我提笔叙写我的"昆明生活"。

昆明生活似乎非常适宜用文字记录，从容、散淡、平静、温和、可以滋生浪漫，也可归于简单。我感觉，不管从文字上还是从现实生活中，昆明的浪漫都是温和而自得其乐的，很少有大生大死的悲怆。比如宋代大理国的某个国王，为让他所统治的昆明（拓东城）繁花似锦赛过宋朝皇帝洛阳，便在金汁河畔开春登堤，遍种四时黄花二十四品，又在云津河边种二十四品四时白花。然后这位国王在、沐浴在昆明的阳光下，陶醉于自己营造的美景中，他填词写歌，直到王权被夺仍然乐此不疲。

在作家汪曾祺的笔下，纵是居身二十世纪四十年代那样的动荡时局，昆明人也依然保留着平静自足，就连农民挑大粪的木桶，也饰以彩色的花朵。

农业文明时代的恬静景象，在今天的昆明城里已经难寻踪迹，汽车带来的现代速度更是将昆明带入喧嚣之中，但昆明本质上的悠缓依然存在。日子繁复琐碎，内心慵懒闲散，我在昆明居住的10多年间，眼看着各种时尚如风流云散。匆匆，一幕幕悲喜人生谢幕登场，只有那些最本质的东西，在时间的底部凝滞沉淀，未曾逝去，就像我在某些瞬间，看见家人和朋友们日渐显老的面容上，那些从未改变的笑意；就像昆明那些细节，在光影和纸字中闪现着的温和表情，平息着我曾有的躁动，让我像自己的祖先一样在这个城市平静，适然。也许，只有昆明这不冷不热，不温不火的城市气质，才会习养出这地方的人既无万丈豪情，也不显意气消沉；既不刻意，也非无心的中庸和散淡。

花落水流之间，昆明人即使是寻常日子，也可以轻松找到人性深处都向往的那些东西：舒服，自在，这也许就是昆明人缺乏创新和激情的因由。这让我想到我那位最早开始悬壶济世的曾外祖父，在我所能见到的文字中，他的创业史被简化成一句"得异人传术"，而他以及族人"友孝厚笃、不随人俯仰"的秉性被撰史者着以重笔，彰显美德。在史志中，创业的艰辛和技艺传承被省略，激情与励志被删减，那些让人不安分的部分从来就得不到鼓励。史志的表达，留存着昆明人安于自然和天命的温厚。

众多的此类记录，集合着昆明的时间故事。生活此时，不过是瞬间而已。

翠湖，一时，一瞬

　　跟朱霄华、雷平阳闲坐翠湖海心亭喝茶。很久没有这样一起闲散发呆。阳光，清风，正在开放的垂丝海棠，头顶上拂来拂去的柳条已经冒出嫩黄的新芽。

　　大白天呆在翠湖喝茶，要被滥情者视为风景。把日子过给别人看，是年轻人的事，我们都已经不爱这样了。跟好友一起消度时日，自己都觉得奢侈。很多时候，本来正常的东西正在变得珍稀，那种叫做意义的东西，也正在无法言说的生计中变得淡薄。我们似乎都在某种毫无道理的日子中耗费着生命。老套地想起一个词，饕餮；老套地想起美国女作家格特鲁得·史泰因关于饕餮的一段话："饕餮就是活，饕餮就是死，饕餮的方式甚至成了一种思想，让你感到只有在饕餮中才能称得上活着并能继续活下去"。二十世纪二十年代，在巴黎，格特鲁得·史泰因身边经常聚集着一些从战后美国"无意义生活"中逃离出来的人：海明威、多斯·帕索斯、邓肯……，这些经历过世界大战的各路艺术家们在巴黎自我放逐，在一个被毁坏的世界寻找生活的价值和意义。而我们，不想追悼，也不会去伤怀一个并不存在的完美世界。在今天这个人人追逐成功的年代，这样无所用心的生活显然是奢侈的：发呆、无欲、放弃、不追求、在精神世界自我放逐……。因为奢侈，这样的短暂时光有了强大诱惑，有了内心出轨的放任——与其为今天这个物欲横流的世界疯狂，不如自我逃离，灵魂出窍。

　　翠湖，是一个被称为风景的地方。我从小生长在大理，对我而言，翠湖只是某个别处——比如，是我父母和他们先人的惬意之地，是老昆明人的"家面前"。小时候跟父亲一起逛阮堤，听他哼过《翠堤春晓》，后来在一张老的木纹唱片里，才听出丝竹营造的喧繁春意，那音乐，陪伴过父亲的青春时光——我永远只能去想象。某些时间，我眼前浮动着父亲年轻的面孔，那时的父亲，在一张发黄的老照片上留下某种无所在意的神情，不知道他是否会预见到数十年后的今天，自己的小女儿会在他的旧地怀想他？

　　拿了一副纸牌三人打，只是玩。多么舒服的阳光和清风！水腥气带着春花的香味，鼻子知道，紫罗兰的气息有神奇的穿透力。在旁边的某条小路上，母亲曾经告诉我她小时候吹着"嘣咚"（一种玻璃做的小瓶，大肚，长颈，用嘴一吹，薄薄的底部就会嘣咚响。）和同学追逐。在她的青春期，她也曾经和家人一起在翠湖消度某些时日，在某个秋天，一家人嚼着翠湖的鲜藕。好几十年后，母亲还记得莲藕的甜脆味道。她遗憾，现在的翠湖已经无藕可寻。

日光渐渐往西，被涂抹得艳黄的陆军讲武堂，我祖父曾经在那里操练，可是我能够看到他唯一的一张照片，并非戎装，只是一身布衣装束。隐约知道文革时期，关于家系族谱一类的东西被销毁得干干净净。这个家族的历史，有一个我过不去的隔断。留恋或者决绝，一切都在消失之中，譬如祖父曾经留在老照片里的眼神：深沉的温和与悲悯。有时候，我照镜子，会看见祖父的神情在我眼中一闪而过。翠湖此时，天空如镜，当我从高处垂下眼睑，突然感到有个神情在虚空中俯看着我。希望那就是我的神！

记忆，变成一种无处不在的光影，附着在你无法预设的事物之上。两只颈部有孔雀绿的花鸭摇摇晃晃，穿过众多茶客的脚，从我们身边下水。又过来一对白鸭，踩踏着摇摇闪闪的树影，互相吱声，吖吖对话，像一对吵了一辈子架的夫妻。雷平阳想起他老家土城欧家营的鸭子，说公鸭子的尾巴比母鸭子翘。我脑子里出现一个人——大理某个宿舍区的老吴，这个有钱的小气鬼被自己养的肥鸭喂得血气饱足，唇色通红，可惜无人分享，终身打单。朱霄华寡言，没有说他的记忆，肯定在想着某件我们不知道的事情。

姚霏也来了，几个人嘻嘻哈哈打牌，说闲话，拉拉杂杂，话题最后还是回到故乡。雷平阳说，他家里有母亲做的血肠，有弟妹腌的咸菜，还有某个朋友送的地道土酒。很诱惑，于是，我们开始觉得要设计晚饭了。对一顿晚饭的愿望变得具体而令人期待。

一个下午的时间在没有什么意义的玩耍中度过。

很多时候，我们几乎从来想不起把这样的一个事实剔出来看：人的一生，其实是由很多瞬间构成的，无数的瞬间被过滤得无影无踪，而有一些瞬间，被我们记存在生命的某个地方。这些东西，构成了有限生命那种叫做意义的玩意儿。

气味昆明

　　穿街而走，我知道一场气味的表演正在登场。

　　植物的芳香被汽车尾气掩去，河流腥气莫名。站在某个高处，放眼皆是高楼，城市浮尘漫天，科技正在刺激着工业时代的腺体，汽车尾气、金属和工业气味引领着城市迈向未来的脚步。昆明，正在以强大力量散发着它的体味，浓重的汽油和灰尘味让我感到它在时间之中的急剧膨胀，这个城市的气息已非从前。

　　记忆中的昆明散发着某种农业文明时代的气味，那是某种自然的气味，有裸露的泥土和植物花果的迷人气息。

　　早先，我常常跟随父母来昆明。上世纪70年代某一年冬天，我在街上闻到炒板栗的香甜，这是大理没有的气味，我把它当作昆明的标识。今天，不管我在什么地方闻见炒板栗的香甜味，记忆里跳出来的，都是昆明南屏电影院前的某个摊点，牛皮纸袋，三两炒栗子，父亲温暖的笑脸和一双大手。对于很多人来说，1970年代到1980年代在间，南屏街北京饭店的牛奶冰棒，无疑是充满诱惑的，腥甜的牛奶和香精味虚构着清凉的梦想，吸引了昆明以及慕名而来的地州孩童。这种充满城市风格的食品气味，一度成为小孩子心中的时髦符号。

记忆中老昆明的气味，似乎总是香甜。在武成路福寿巷3号我外公的老宅里，我漂亮的舅妈曾经带着迷人的微笑烧叮叮糖，香甜之息弥漫在雕饰繁复的旧式门楣、门面和廊柱之间，诱惑着我的鼻子，我充满想象的内心。印象中还有一种特殊的气味，就是烧糊的橘子——拿来治咳嗽，很多年以后，武成路福寿巷3号的气味就是烧橘子和烧叮叮糖的香甜味。而在我母亲的记忆中，上世纪30到40年代，那老宅却总是充盈着香浓的药草气味。那是我母亲的少女时代，家中精制丸药用的野坝子花蜜，可以把人的头发都薰香了呢。

时间那边的昆明，不同季节的特殊气味营造着某种难以模仿的城市格调。作家汪曾祺笔下的雨和缅桂花的香气，已经成为昆明在文学作品中最具风情的气味。而这气息如今在城市混杂的气味中变得若有若无，仿佛随时都可以飘散的旧时幽魂。

时间这头的昆明，气味已经变得暧昧。同所有扩张的城市一样，汽车尾气已经成为千篇一律的嗅觉刺激。商业推动着餐饮业，也让城市充塞着更多杂陈的气味，营造着昆明今天的市井格调。时尚前沿昆都一带，汇聚着昆明最典型的夜生活气息。辉耀的霓虹灯影中，美女身体飘出的香水、咖啡屋的可可香、点心店里酸甜的发酵气味、餐馆的各式调料混杂着油烟、酱醋、八角、草果、花椒、葱蒜等等的气味，刺激着人的嗅觉，满足着形形色色的食欲，演绎着昆明融混而多元的城市风情。

在我看来，对一个地方气味的识别可由嗅觉而直达心灵，比其他感觉和记忆更加直截也更具本能色彩。我相信，一个人完全可以用稻米的香味、森林的腐败树叶气味、菠萝蜜怪异的香气来记住德宏、版纳、泰国的某个地方，也可以用扑鼻的香气记忆巴黎，或是以浓烈的酥油香来记忆拉萨大昭寺，这样的记忆应该比书本上的说法更为动人。

昆明今天是什么气味？它是否有跟"春城"这个词相应的扑鼻花香？它是否有"宜居"这个词所必需的清新与通透？它是否还有让人梦想的安静的植物气息？

昆明今天的市井气味是难以归纳、难以言表，也难以笼统说喜欢的。每到傍晚，餐馆浓烈的各种酒味（麯香、清香、浓香……）重庆火锅、昆明臭豆腐、麻辣烫、各式烧烤的焦煳，那些气味几乎可以堵住人的呼吸，它们弥漫在昆明的上空，散布着城市的欲望和喧嚣。

暮色消失于热闹的彩灯光华，在那些时尚夜场，各种时髦男女带着体味和欲望在嗅觉表演中登场，世界流行的香水气味飘忽：毒药、香奈儿、蓝蔻……。香水，刻意而为的气味表演，暧昧、模糊的城市欲望，即使你双目紧闭，依然可以感觉到城市正在上演的嗅觉争突，一场气味与情调的展示与冲撞。

想起昆明雨季的某个瞬间：小贩提篮里的缅桂、栀子和茉莉，暮色中只闻其味的夜来香，曼陀罗浓郁而危险的香气……它们都胆却地藏到了哪里？

母亲，旧昆明的后新街

　　早上7点30，开车带母亲赶往医院看病。正是早高峰，车堵人慌，形色匆匆，昆明城被无形之手推动着奔跑。对于自己的这个生养之地，母亲已经全然陌生，她一点也不知道我们行进在什么路段，只有她跳动异常的心脏，仿佛在跟进着这城市早晨忙乱的节律。

　　眼前这个日新月异喧闹不停的昆明，早已经不是母亲的昆明。

　　取下24小时心脏监测仪，医生说，两小时后拿检查结果。我们只能等。等待，一个无所作为的时间，一个无聊的闲暇。我和母亲缓步出医院，转弯去了后新街。

　　后新街，母亲曾经熟悉，如今她与这条街道隔了六十多年的时光。而于我，后新街仿佛远在百里之外，很少进入自己的日常空间。

　　一幢法式老建筑，母亲认出了从前的甘美医院，现在仍然用做医院病房。旁边有家饮食店，叫甘美园，这让母亲很兴奋。昆明从前的众多痕迹，早已和母亲的花样年华一起消失了，对于母亲，"甘美"二字，显然在时间之中持守了某种忠诚，带她进入从前的记忆场景。

二十世纪三、四十年代，后新街一带有很多国外来的传教士和医生。那时，母亲还是个小姑娘，她曾经加入过塘子巷教堂的唱诗班，至今还会唱那些关于圣母、上帝和天堂的歌。后新街甘美医院是法国人办的教会医院，圆拱形的窗子后面，我的外婆曾经在某个病房住过。从前母亲上过的学校，叫粤秀中学，是上世纪广东人来昆明开办的，今天变身成盘龙一中，学校从前的一些遗址还在，那些遗址之上，曾经留下过母亲青春少女的足迹。

回忆让饱受病痛之苦的母亲沉浸于某种旧日温暖。母亲回忆，小学五年级，不安分的她和另外两个小姑娘相约去考中学，她们参加了三个学校的"中考"——只图好玩。当三份中学录取通知书被送到家中的时候，我的外婆颠着三寸小脚惊呼："还没走稳咋个就要跑？"外婆制止了母亲跳过六年级直接上中学的玩笑之举。想到这段往事，头发几乎全白了的母亲突然露出某种得意顽皮的笑。解放了，家产散尽，母亲的富足岁月从此没了踪影，她没有上完中学，外婆外公先后辞世，没有人供母亲上学了，那所粤秀中学，完成了母亲最后的学校记忆。

母亲停脚在老楼下，甘美医院陈旧的窗子还在。街道、墙面、拐角，母亲对那些后来新建那些的房屋视而不见，她好像解牛的庖丁，眼中所见，只有这条街道的旧时骸迹。

冥想de花朵

　　灰暗的城市，灰暗的时间，如风尘一般锈蚀了母亲曾有的光华。古稀之年的母亲，眼睛底色已经失去光亮，但某一刻，她会突然间被一种奇异的昨日之光普照，在我眼中璨然生动。某一瞬间，母亲如内敛的珍珠光泽闪现，又好像刚刚擦拭过的老银器，突然显现出被忽略了的高贵和精美意味。

　　在旧迹的导引下，那个生长在雕梁画栋之家，享受过锦衣玉食的母亲，那个曾经不安分，曾经年轻率性的母亲，那个在青春期被一个新国家、新思想改造的母亲，重新与昆明的旧日灵魂遭遇。

　　当母亲从一个小姑娘长成我的母亲时，她已彻底蜕变成一个普通的劳动妇女。她必须收留自己的个性，必须学会责任，学会当四个孩子的妈妈，她经历了亲人的生生死死，最终顺命。

　　当我还是小姑娘时，母亲爱唱"我的青春小鸟一样不回来"，后来罗大佑把它唱成一首流行歌。老去的母亲现在很少唱这首歌了，甚至很少在我面前感伤怀旧，纵使怀旧，也只想从前的赏心乐事，母亲真的不会感伤了吗？她的心脏越来越不舒服，睡眠时间越来越少，睁眼看黑暗的时间越来越长。黑夜中母亲，她会想些什么？

　　昆明早上的太阳开始叮人。"太阳下山明天还会爬上来"，母亲的今天，会是我的明天吗？

昨日之河

　　每天上下班都要经过大观河，早已习惯了这样的情景：穿橘红色背心的清洁工浮在小铁皮船上，用网兜打捞着漂在水面上的杂物——废纸、塑料袋，各种垃圾，有时是黑乎乎的浮沫。关于河流的景象也是如此：沉默，反映着天光；有时蓝天，有时晚霞，春季有岸边垂柳的嫩绿色，之后又开始有泡桐花的浅紫色，隐蔽在楼群之中的河流倒像是一种装饰，使城市有一种含蓄流动的光影，一种虚饰之美。起风时，河面会飘来刺鼻的腥臭味，这气味给我一种痛苦的提示：这毕竟是一条已经死亡的河。它的历史，早已变成文字传说，仅存留于虚幻与想象之中。

　　其实不想怀旧，但我始终记得史料中的昆明是怎样一个被流水浸养着的城市。自唐宋以来，各种支离破碎的正野史籍都在表达着昆明水景的生动气韵。最浪漫的景象来自大理国时期的段氏皇族，据说大理国第十代皇帝段素兴"性喜音律"，酷爱白色的素馨花，于是他在昆明的两条河堤边分别种上白色和黄色的花，倒映黄花的河流因河面金光闪烁被叫做金汁河，河岸开满白色素馨花的那条河流被叫做银汁河。透过枯黯的水流和响亮的名字，今天的金汁河尚可寻迹，但那白花铺岸，银光浮动的银汁河消失在了什么地方？史籍上说，当年的段素兴乘游舫携歌伎在金汁河、银汁河上吟诗作赋，沿河游玩，只让那两岸怒放的花朵作为他消遣的背景，并写出了浪漫优雅的《锦江曲》。这般用季节和沿河花草来渲染性情的事，今天看来全然是传奇。昆明城中已经没有活着的河流，与河流有关的浪漫景象也在多年前被彻底终结。

沿着历史的线索追溯，水一直是昆明这个城市最具灵魂特质的东西。从滇池渔歌到翠堤春晓，从巡津夜渡到官渡渔灯，从龙潭探梅到大观胜景，没有了水，昆明的记忆将无所依托，失去了湖泊、河流，昆明会是一种怎样空洞的历史？今天的河流之于昆明，似乎已经丧失了文明与城市的相依关系。繁忙而拥挤的昆明城区早把那些个"湾"，那些个"河"以及"江"都埋藏在灰暗错落的居民小区和城市下水道中，只在一些水景彻底消失了的地方留下让人猜测的地名——原来这些地方从前还是水乡泽国？

河流的意义如今只留存在某些遥远之地。我曾经在思茅景谷县见人用牛屎做饵在河里捕鱼——多么简单的诱饵。记得渔夫上岸的那一刻：赤裸上身，水淋淋提着渔网走上岸来，他手中有刚刚捉到的大鲤鱼；风和着水声在河面上喧动，全身透明的小花鱼在闪光的浅水处漫游，河边，转动的水车正在把河水车往高处的水沟，在水网包围的田畦里，农人的劳作使土地有了灵气。河流之美显现——那是鱼和水生物的家，那是可以滋养植物和土地的水，是劳作者赖以生存的水，是会让人领悟到"利万物而不争"的流动之水啊。河流的意义如诗歌一样在大地上呈现，此时我才真正明白，为什么文明的源头都会回溯到河流的浸养之地。

江湖格斗橙

展览的名字好像是"江湖2006——格斗橙"。江湖，艺术，格斗橙？不懂格斗橙是个什么"橙子"。

在昆明看艺术展览，于我，已经变得陌生。好一阵找，终于摸到黄土坡一个工厂门口。一块通常用来表达隆重的红地毯，突兀而隆重地从某个车间一直铺到厂门口。值班的师傅却死活不让我们的车进去。

展厅，其实是两个从前的车间，及其之间的露天小空地。充斥着这个展览空间的，几乎全是年轻的面孔——全球化影响最为深刻的人群，不同国家，不同种族，但同样的热情、好奇、有期待。拥挤，伸头踮脚，小声议论，互相招呼，DV拍照，手机拍照，数码相机灯光闪烁。

波普风格的招贴画；非传统的小装置；内壁贴着凡人照片并配有凡人语录的各式玻璃瓶被长短不一的线吊在某个空间；一个展厅地上铺着一块数米长的生白布，上面已经被人用一把破扫帚蘸了墨汁涂上红红黑黑的乱纹，并继续有人在随性涂抹；一支800瓦的电炉，炖着一油漆桶水，水花翻滚，热气腾腾；某堵砖墙上放着投影；某个灯前演着皮影戏……

四处绕看，没有看展览的感觉，仿佛赶集，或是参与某种民俗活动，不明所以，但那热闹让你觉得好玩，让你有某种脱离日常秩序的兴奋。

于坚的一组照片被布置在一堵砖墙上。云南昭通、法国巴黎、越南某地，等等，照片上的人各自在自己的处境中呆坐、冥想、自适、等待、行走……各种我们都会在某一瞬间闪现的真实表情，这些看似不同的空间被暗中交错的人生表情纠缠在一起。这应该就是"全球化背景下的日常生活影像"了。让我惊讶的，是一张有女人、椅子、镜子、墙上人像和镜中映像的照片，被忽略的场景忽然显现出时间和人生那种让人晕眩、走神的隐秘意味。

张贴于坚照片的那堵墙上，被涂上了"拆"字，这让我联想到我外公曾经在昆明武成路留下过的老屋，在"全球化"的城建规划中，那美丽的古董也是如此被鲜明标住：拆！然后被彻底消灭了。于坚这组摄影，是整个展览中我最能看懂的部分，其余部分，皆如它的主题——江湖——自由放任而又各行其是。

我很快就有点喜欢这样的展览方式了。那块供人涂抹的生白布上后来承载了看相声的观众，留下他们覆盖在涂鸦之上的脚印。两个小伙子为不多的看客讲开了相声——可惜讲的是普通话；露天，几个小伙子抱来一抱啤酒，有一瓶突然爆炸在红地毯上，吓着了旁边的人，我忍不住愉快叫喊"行为艺术，再来一个！"没有人在意这无礼，小伙子们甚至友好地跟我笑。江湖，也很宽容。

其实，整个展览一直让我没法摆脱的，是那个雕塑的声音。铁锤、錾子、石头、撞击，一下、一下、一下……一直没有停歇。夜色中，一个年轻人光着两臂不停雕刻，把石头凿出人头的形状，然后，把它敲碎（旁边人说的，我没有亲眼看到）。他正在做的事，显然跟造物主（或叫宿命）对我们每个人所做的一样，那錾子，是在应和着时间逝去的节拍吗？

展览中有一张色彩鲜艳的拼贴画，无数的果子影像被分别固定在一个个小方框内，苹果、番茄、栗子、橙子——终于见到橙子了。细看，分明可以瞧见一些伤痕，一些深深的洞孔在果子上，发黑长霉。受伤的橙子和番茄，被利器所伤，被霉斑和时间所伤，橙子经历了怎样的格斗？

混乱的江湖，暗藏着无数事件和意义的入口。

梦去的马街

从滇西方向驶来，汽车越过碧鸡关，前方猛一豁亮，五百里滇池就奔到了眼底。这蓦然一望，常常让我兴奋得双颊发热。不是近乡情怯，而是一种激动，一种莫名其妙的振奋，一种见到大世界的兴奋。少年时代，碧鸡关就像一个舞台帷幕，让我对幕后的那个昆明充满向往。

广大的滇池，比洱海更宽广；平整的昆明坝子，比大理田园更加辽阔，从马街向昆明城区延伸过去的烟囱和大片工厂，代表着我目能所及的最先进的工业文明。心跳，忍住兴奋，认真数看得见的大烟囱，记住它们雄伟、直插云天的气势，努力去感受机器隆隆声带来的震撼，拼命想象着雄伟、光荣、未来一类的作文词，想象着自己终将长成一个工人模样，在这个热火朝天的地方当接班人。这梦想让我热血沸腾，让我小学的作文词彩飞扬，充满想象。

昆明西山下的马街，就是我曾经寄托未来梦想的文明地带。

　　二十世纪七十年代，马街一带集中了昆明很多大型工厂：水泥厂、发电厂、铁合金厂、电机厂、电缆厂、变压器厂、印染厂等等，很多年间，这里沸腾的工厂表达着边疆云南最先进的生产景象，走动的风景就是代表社会主义精神风貌的工人阶级，而马街片区那些穿着蓝色工装的青工，无疑引领着着装风潮。蓝工装、白衬衣、翻毛皮鞋、从女工帽子里透出的整齐刘海，下班时飞扬在工装外的长头发，无不让我心动羡慕。

　　1979年，我刚满20岁的小哥哥进了马街上的云南印染厂工作，我曾经跟母亲去厂里看他。那时，我的小哥哥单纯朴素，生机勃勃，深蓝色的工装包裹着他单薄瘦高的身子，母亲为这个还长着一张娃娃脸的儿子担心，我却是满心激动与钦慕。在打包车间，我的小哥哥一伸手就提了一百多斤重的大布包，随意一扬手往前边扔去，然后看着我说："咋个些，你哥这把力气？"我得意地看到周围有女工羡慕的眼光。哥哥又伸出他那双长得过大的手，高声说："摸摸，咯见过这样的老茧？"一条又硬又厚的茧子横过大手掌，母亲心疼，但于我，这就是工人让我感到的力量，美和光荣。我的小哥哥，年轻、漂亮、人好，后来当了车间团支部书记，曾经是我们家的骄傲。

　　时间改变世界的力量惊人，却无声无息。有一天，汽车越过碧鸡关，我看见了密匝的城市，灰蒙蒙的昆明上空，烟尘弥漫的马街地段，突然有了某种抗拒，我想逃回大理的蓝天下！马街很多的厂房拆了，又拆了。那些热闹的厂区衰落了，一拨一拨的工人散去了，一些工厂倒闭了，我那多次被评为先进工作者的小哥哥，很多年前下岗了。

开车经过马街，我已然生活在那个当年无数人为之奋斗的未来之中——一个被工业文明推进着的场景之中，我拥有的物质绝对超出了儿时的想象，我去过的地方也突越了曾经面对地图的幻想界限，我幸福吗？

马街，我和一些人还在固执地叫它这个名字，它现在的名字叫春雨路，它成了春雨路的一段。

路上的毕业生

　　绿灯还没有亮，几个男学生就开始歪歪倒倒穿过斑马线，其中两个被别人搀扶着，膝盖软得要垂到地下去。一个体瘦的男生赤裸上身，手挥舞着衣服，他穿一条低腰牛仔裤，几乎滑下髋骨的外裤上露出一段内裤裤腰，他眼里充满愤怒，一副寻衅闹事的样子，路人纷纷避让。这群人从我身边横行而过，散发着浓重的酒气。显然是一群大学毕业生，脸上写着莫名的叛逆，明显的愤怒，难以言明的失落，同学离别的感伤，未来人生的迷茫。这是我曾经熟悉，曾经经历过的青春年代。突然意识想到，几乎被我淡忘的校园、青春、梦想、激情，在这炎热潮湿的夏季，从来就没有断绝过，而属于我和同代人的那些美好岁月，什么时候已经成为遥远的过去？

　　过马路后，一个男生再也站不起来了，他双膝下跪，瘫倒在花坛前，于是一群人坐在人行道上，委顿在正午的阳光下，刚才的猖狂转眼化作无助困顿。行人往来，有人睥睨打量，有人小心躲开，那些忙碌的汽车从他们身边飞快驶过，世界并没有为他们驻足，而事实上，时间又何曾因某人而停驻？

平静地看着这些学生，再没有义愤，没有梦想冲动，也没有对自己和对世界的执着。曾经一样的青春叛逆，面对诸般情事，我们却已学会波澜不惊，风波不起，所谓"也无风雨也无晴"，人生沉沦，此时仿佛已经潜入深水之中，沉静，无欲。猜想如果跟这群学生对话，我会如何？想来想去，我只能闭嘴。

一个男生捧着脸开始饮泣，并含糊重复着一句话：生活是一泡屎！想起从前的心情，我相信，对于这个学生来说，未来的世故社会仿佛一张冷脸，深奥难测，他要如何面对？回想当年这个时候，某种深刻的流放感让我们不知道该到哪里放下自己的内心，八十年代特有的理想主义让我们对平凡人生充满抗拒，好友老牛曾经在给我的一封信中说：与其平庸地活，不如浪迹天涯，横尸荒野。自由、崇高、美善，成为我们最热衷也最愿为之献身的词语。而多年摸爬滚打后，我们已经学会享受平庸，学会在丑陋的现实面前睁眼，很多人在琐屑中耗去年华，我们变成了贤惠的妻子，温柔的母亲，安静的小女人，日复一日，我们正在变成当年自己极力抗拒的一群——被责任心搞得唠唠叨叨的父亲、母亲，总在不停教导别人的乏味老师，我们正在变成宿命中的平凡小人物。人生不过如此！所以，那学生说生活是一泡屎，我确实也找不到什么世故之词来把它掩饰成一朵花。说辞的安慰比人生的真实打磨更加没有用，这是我和无数人的经验，但这经验对于年轻的学生们，只是一堆无用的垃圾——我从前也是这么想的。

　　毕业20多年，一次次经历生离死别，学会在各种责任中隐藏自己，学会放弃和宽恕，我还要对生活说什么？

　　看着那个泪流满面的男生，我其实没有什么感伤，只是深感现实的冷酷，绝大多数年轻人注定要面对这样的现实。想起从前教书的日子，也是这样炎热的苦夏，毕业生满脸泪水来跟我告别，我松了一大口气，学生们再也不用被我的视线牵制，他们再也不必在学生的身份之中仰视我了，生活是比我更好的老师，将教会他们一切，而身为老师的我，竟感到某种解放和自由！

　　生活不只是鲜花、蜜糖，也绝不只是暗淡丑陋的一泡屎。也许，我可以像个老师安慰那哭泣的男生，但真实的情况是，我只能自己心下咕哝：生活犹如戏剧，我们都有自己被命运判定的角色，在时空之间，人从来就当不了绝对的主角。

那骷髅面墙而立

那骷髅终于背过了身，对着墙壁去龇牙咧嘴。

这是一家我每天都要经过的诊所，骷髅是诊所的摆设，抑或是工具？诊所的名字吓人，叫"×一刀骨医馆"。"一刀"这词跟骨字放在一起，我脑子里马上跳出个"断"字来。一刀断骨，除了武侠，便是黑社会的做派；还有，便是那卖肉的屠夫，我的想象大致如此。细看，还有小的标牌叫"小针刀"治疗。也不知道这小针刀有多大，想来绝不会大过屠夫砍骨头的刀。一刀医骨，有着怎样的奥妙？对我而言，玄虚哪。每次步行经过这又是骨又是医的地方，总会想入非非，而且有几分战惊。

让我战惊的，还有那赫然立着的一具骷髅。它龇咧嘴暴露出所有的牙齿，狰狞、险恶、嘲讽，这种"表情"让我局促，让我有些无措，让我像回避某种眼光一样垂目。当然，我会说服自己，不过是骷髅，不过是生命流走的骨架，不过是我们每个人无法洞穿血肉看到的一部分，它没有表情，也无善恶之别，甚至没有性别，没有贫富贵贱之分。死亡之后，人就是这个样子；死，对于所有人都是唯一绝对的平等，再没有等级、社会了。我想，如果骷髅要表达，大意也不过如此吧，都是很多人早就已经表达过的意思。

对骷髅的畏惧与生俱来，这跟死亡联系着的恐惧如此深刻，以至我幼年一直不敢翻看老版《新华字典》有骷髅插图的那一页，即使只是一个简单微小的插图，也足以让我心惊胆战。对骷髅的正视标志着心智的成熟与意志力的长成，也表明对自我的战胜。在我青春期的时候，我姑妈多次用表哥的成功事例来教育我，说我那在二十世纪五十年代就已经毕业于医科大学的表哥，为了熟悉人的头颅结构，把一个骷髅的头骨放在床边，即使在睡觉之前也要把那每一片骨头及其接缝摸一遍，这番功夫让我表哥后来成为一个医术精良的外科医生。据姑妈说，那个头骨曾经让我表哥的妹妹很长时间不敢去他住的房间，我那胆小的表姐没有考上大学，当了纺织工人。可见有出息的人都是要战胜恐惧的，于是我也付出巨大的努力去克服自己的种种畏惧感，想让自己变得有出息。

把骷髅拿来欣赏，有点耸人听闻但确有其人。我刚工作的时候，认识大理的一个女诗人，她对骷髅有某种偏执般的喜爱。女诗人曾经想让我在医学院教书的同学去弄一副骷髅给她，当房间摆设。骷髅很美，让她充满了某种凝望的诗情。这种感觉让我惊讶，同时意识到自己审美方面的平庸。对骷髅的恐惧依然未减，直到今天，不管我可以接受多少叛逆和尖锐的思想，我也绝不会将那骇人的骨架子拿来欣赏的。

再来说那个立在"×一刀骨医馆"的骷髅，每次经过，我都要鼓励自己细看两眼。从大小来看，这应该是一具男性骨骸，被认真清洁打理过，对称的肋骨、髋骨、股骨、趾骨……因为没有血肉，便不再有跟肉体相连的私密和羞耻，一切都暴露无遗，所有的裸露都不会再引起惊奇，也不会再招致任何道德指斥。当其还是个活体之时，跟我们一样，有姓名、有身份、有历史，现在，这一切都去了，作为人的意义的所有部分都没有了。当我下定决心要认真看看那曾经包容着大脑、流动着思想，曾经展现着表情的头颅正面时，它已经被转了身。现在，它完全背对我，一身可以拨动的骨头，关节部位用铁丝连着，像某种用线穿起来的风铃，我甚至在某天看见它的手指骨因风而晃动了一下。骷髅的头离墙不过10公分左右，它面壁而立，只把那后脑勺对着来人，好像要让活着的人去想死亡的意义。

　　想或者不想，死亡都悬在每个人的头顶。我们不知道它什么样子，不知道它何时到来，也不知道它将以怎样的方式到来。在西方，很多人把死作为生的延续，天堂是可以期待的，死神的形象是手持镰刀的骷髅；而在中国，死亡是人生最大的忌讳，一切与死亡有关的东西都是晦气的，不吉利的，要回避的，传说中索命的鬼也总是千奇百怪，关于死亡的想象让鬼从来就没有一个清晰面孔，所以我们从来也没有一个关于死亡的清晰概念。

奔途，行色匆匆

每天，我的上班路途始于楼下花园。水泥造的假山，描红抹绿的亭子，小得几乎失去意义的水池。毫无想象力的造景。几棵老树，来自上个世纪中期，甚至更早的年代，是今天城市里的稀罕物。梨树、梅花、樱桃、木瓜花都长得高大。梨树太高，那些梨子仿佛为天空而生，每年花开果熟，然后自行脱落。

花园，一段有风景的路程，2分钟走完。

出大门，左转，进入车流、人流之中。路叫新闻路，得名自云南最早、最大、最权威的报社。新闻路这一段的景观如同报纸的市井新闻，充满了浓重热闹的小民气息。大门斜对面有一个大农贸市场，挤着众多饮食男女。拥挤从市场延伸到路边，堆满水果的三轮车，卖花、卖菜的小贩经常跟城管玩斗智斗勇的追跑游戏。往前，路边有几家早点铺：卤面、鲜面、饵丝、米线、馒头包子、豆浆牛奶……冒着热气，人人吃得舒服过瘾，鼻头双颊一起发红。没地方坐的蹲着，站着，地上放着汤汁残余的脏碗。

往前，十字路口有家银行。常常遇到送款、提款的护卫车。全副武装，眼观八方，凛然不可接近。某天发呆，突然被卫士拿枪指着喝令离开人行道，一激灵跳到快车道，差点撞上飞驰的轿车，吓个半死，接着被轿车驾驶员恶言辱骂，没气死。银行拐弯处几乎天天聚着一群等待工作的民工，一溜的单车挂着小牌子：刮双飞粉，装铝合金窗，木活砖活，搬运。人都蹲在一边打纸牌，这些人朝地上吐痰，用手指擤鼻涕，大声说笑，有时会伸脚动手扭打成一团，粗鲁开心。

路过大观河上一座桥，叫环西桥，桥的旁边天天都有卖赃车的人，七八成新的自行车，七八十元的价格，有人熟门熟道在讨价还价。环西桥上可以看见大观河的一段，死去的河流，散发着腥臭气，漂浮着垃圾，呈现着灰黑色。这里也常常显现出某种抒情意味，美丽的天光，水面光影浮动，夕阳晚照的绚丽。冬春某时，可以看见红嘴鸥列队飞过蓝天，一队影子从水面飞快划走。

8分钟后，走过环西桥。继续往北，环城南路，城市汽车大通道。不间断的汽车发动机喧响轰鸣，遇见熟人打招呼要大喊大叫。环城路，早先是城市的外围、边界，很多年间，除了路上的汽车日新月异，两边的建筑和商业，依然留着外围的表情。路上走的人也显现着某种边缘特色：一望而知的外地人、老人、穿廉价服装的学生、民工、拾荒者、乞丐。这是一条跟昆明"高尚生活"保持着距离的路段，时髦的先生女士，成功人士，财富明星多半只会坐着高档车飞驶而过。靠路两旁小商铺谋生的，大多是外地人，小生意，绝不会让人联想到成功、财富一类的词。

12分钟左右，行至丹霞路口，新东方女人广场。拐弯处，一幢被涂抹成暗紫色的大楼在数年间一次次改换门庭：早先卖家具，后来披红挂彩、玫瑰簇拥，脱胎成女人广场，然后关门。再开门时，摇身成了"尖冈地带"，并有FANS会所，又关门。2005年底开门时直奔主题——抛售，巨大的字幅"终极清仓"，"百万货底十万抛售"，"名牌降价降到你抢"，蓝色的"抢"字用星状黄色衬底，着实抢眼，但显得肃杀，好象有疼痛感，有宿命的无奈。

将近18分钟，看见各种医齿、医眼、医骨、医生殖器的诊所。那个生殖专科看来很清闲，医生们很无聊的样子，在白大褂里望着路上发呆、打电话，或是两三个白大褂在一起聊天。

又2分钟，到十字路口。这是昆明最拥堵的路口之一，等红灯最长的时间可长达4分钟。如果在17秒内，你的手机蒸发掉，不要奇怪，但一定要提醒自己下次注意那个手腕上搭着衣服靠近你的人。也许，你还会遇见那个长着漂亮脸蛋的小男孩，他拉开你的包，没偷成什么，若无其事地看看你，走掉。

步行24分钟左右，进入大楼，开始上班。

1.6公里的路程，我的奔途，行色匆匆。一路形形色色的人群、景观、遭遇，一派众生奔忙的景象，仿佛一部开放的戏剧。我的角色就是那生鲜世界的参与者，像剧本中的"群众甲"、"匪兵乙"一类从左边到右边，或是从前场一晃而过进入后台的模糊人物。而这是一个绝对真实的场景，绝对真实的际遇和绝对真实的人群。

阳光普照昆明，无数命运在暗中展开。生活是一部每天都在进行的开放戏剧，每一个人都在扮演着各自被命运判定的角色。

就诊记

感冒，几天后，咳嗽变成一种不可抑制的肌肉阵性抽搐，你已经无法控制自己，你不得不进医院。像每一个病人，你想当然地信赖专家信赖大医院，于是心甘情愿把看病变成一场耐心伴着疼痛感的长征。

长征从拥挤的门口开始。大医院不停扩建，却总赶不上病人的增长，医院门诊部像个天天赶街的集市。挂号，专家号、普通号一律从窗口延伸着数十人。病痛让你不舒服，但你必须耐住性子，必须将自我意识降到最低处。在挨肩贴背的队伍里，如果你愿意向良心让步，就要准备让那些急重病人、颤颤巍巍的老者，或是病儿快把天哭塌下来的焦心母亲挤到你前面去。各式各样的不适和焦虑让排队的人都很没有耐心，一群病痛的共同受害者因进入这支队伍出现抵牾，有了竞争，他们彼此防范，彼此不耐烦，彼此希望对方消失。

好不容易拿到号，赶紧到诊室门口排队。没有人监督，这个队伍秩序无比脆弱，你务必要盯好自己病历本的位置，一旦有新人来，很可能就会出现混乱。别指望医生或是别的什么人会来维持秩序，你必须高度警惕，以免被别人插队。在呼吸内科的楼道里，一群绝不相怜的同病者此起彼伏地咳嗽，各种会传染、不会传染的飞沫传来传去。不停探头，只见诊室里的专家亲切而有距离地问这问那。啊，那可亲的专家，语速如此舒缓，那被问诊的病人，仿佛是被天使抚慰的羔羊。他者的天堂反衬着自己地狱般的难熬，你如何可以不嫉妒那提前进入者？而你此时正被身体的魔力操控咳嗽不停，你等待的抚慰还没有到来，周围的人对你很不耐烦，显然，你弄出的声响正在加剧他们的焦虑。所有人的等待都一样：专家对自己病情的宣判和处置。

感谢老天，好不容易坐到专家桌边的木凳上，只要有一丝笑脸闪现，啊，天使就降临了。天使问问病情，看看喉咙，听听前胸后背，然后开出两张单子，一张验血，一张做胸部X透视。

长征新的一站，盘算先去哪边更节约时间，然后，迅速冲到放射科，排队交费，排队填表，排队等待照片。期间，你肯定要让那些临时推来的重症和住院患者。这个等待的过程在将近40分钟后被终止，你听到某个机器通过喇叭一字一顿在叫自己的名字：X-X-X，请-到-5-号-诊-室。进入X光室，被要求脱光上身。如果你是女性，不要去想外面有多少个男医生或是无关人员可能看到你裸露的样子，不要去想你是一个需要身体私密性并有羞耻心的人。为了尽快让医疗审判有结果，你最好像医生一样，把自己当作一根有毛病的气管，两叶肺。这样的想法让你可以稍微平静，你也才可以就此忍住咳嗽，忍住暗中涌动的羞愤，将身体抵到冰冷的机器上。在医生的厉声之下，呼气，吸气，吸气，憋住别动，憋住，好啦。赶快穿好衣服，以免下一个等不及的异性冒失闯入。

接下来，尽快赶去另一层楼另一个窗口排队交费，排队验血，排队等待化验单。35分钟后，你拿了化验结果回到放射科等待胸片。快50分钟后，你终于拿到一张放射科的诊断说明，以及一张你只看得出肋骨的片子。时间飞奔，医院已经到了下班时间。

小跑赶回专家诊室，额头开始冒汗。啊！谢天谢地，专家虽满脸倦色，还是耐心看了你的片子，看了化验单，最后，给了一个毫无悬念的宣判和处置：支气管炎；口服抗菌素消炎，止咳镇静剂缓解症状。

这个一点也不意外的宣判让你突然心生沮丧。为这个并非疑难杂症的诊断，你花去了5个多小时的时间，其间排了10次以上的队，在不同楼层和医院过道里跑来跑去，为解焦躁喝下满满两瓶矿泉水。在家中倍受呵护的病人，在医院变成了坚强的长征战士，你是如何做到的？那种无从言说的委屈！突然就虚弱下来，打电话：来接我吧，正在排队取药，所有的队就要排完了。

菜场有西施

卖肉的小姑娘20出头，白皮肤，细眉毛，脸也好看，她干干净净，薄施脂粉，在各种面相委琐的小贩中间鲜亮无比。顺着鲁迅先生"豆腐西施"的称呼方式，我认定她就是我们身边的"猪肉西施"。

漂亮值钱，这个真理在猪肉西施身上体现得非常充分。比如我先生，老爱找猪肉西施买肉，而且从不讲价，理由是猪肉西施不单人好看，还很会做生意，见人就满脸带笑。她会指着猪肉小声说：卖给别人18块，卖给你就16块吧。买肉，不但听得好言，且得看一张好脸，心情自然不错。每一天，猪肉西施都最先收摊，摊子也从一个增加到了三个，美其色而买其货，断非我先生一人。

自从发现猪肉西施那一张好看的脸，我开始改变对菜场摊贩的直观印象。从前到菜市，几乎从来不会注意小贩长什么样子，那众多的面孔几乎全都消隐在杂乱的货品之中，一片暧昧。现在，我想看到更多的西施美人——南瓜西施、辣椒西

施、苹果西施……各种西施，一向觉得毫无趣味的市场现在有
了新的期待。

我家附近那个菜场里没有再发现新的美人，猪肉西施仍然
是整个菜场里最养眼的人，只好慨叹美人难寻。之后去过很多
菜场，很少看到长相漂亮的小贩，仿佛小贩的命运全被自己的
相貌判决了一样——就像长相漂亮的人大都要被命运判决为明
星或是贵人一样。

某次在安宁农贸市场，看到一个高挑的小媳妇在卖包子，
从侧面看去，她高鼻长眉，大眼丰唇，明眸皓齿，美过明星。
哇噻，她就是这里的"包子西施"呀！包子西施表情朴实快
乐，看上去对自己的生活非常满足。跟包子西施在同一个市场
的，还有一个年轻姑娘，小巧脸蛋，肤色白里透红，牙齿雪
白，一副高傲的模样，却在卖着下水。上去搭讪，小姑娘果然
很傲慢，对我爱理不理，仿佛公主，一点也不因自己贩卖的东
西龌龊而有什么不自信。

这份骄傲不但不让我生气，反而让我突然停下来想一个问
题，小贩们的尊严。

居住在现代城市，我们的日常生活几乎离不开这些不停劳
作着的人群，我们似乎早就看惯他们一毛两毛的委琐算计，看
惯他们为招徕生意堆起的媚笑，看惯他们在酷暑寒冬贩卖着人
们最琐碎的必需品，我们习惯了他们的卑微，习惯了紧随他们
的脏乱，甚至习惯了他们被城管追得满街飞跑。浮华的城市生
活让人几乎忘了这群人的尊严，我们已经相当习惯磨灭掉小贩

们的个人形象，而从来不去细想这些人的生存，他们的人生梦想和抗争。什么样的市侩蒙蔽了我们的眼睛和善心？

可是，我先生却感叹：在城市，只要有几分姿色的女子都不甘心当小贩，只有在一些远离城市的小地方，漂亮女人才会安于平凡的工作和现实生计。所以，小地方总是更具朴素的美感和趣味。而在某个被我们理想化了的小地方，应该是西施遍地：盐巴西施、茶叶西施、番茄西施……，各种各样的美女不再是名利场上的装饰，不再是权贵们的专宠，而是自在开放的花朵，是人人皆可欣赏的美色，这样的场景，想来真是美啊。

淋漓的眼泪和吓死的狗

淋漓的眼泪和吓死的狗有什么关系？除非你有一颗超级善感的脑袋，又恰巧埋在一只感伤的枕头上做白日梦，这太不挨边了。但不挨边的事也会狭路相逢，这就是生活的奇妙之处。

跟老母亲一起看一档综艺节目。电视里，一大群漂亮的男娃娃——准确点应该叫做男青年，男生，他们正在使出浑身解数，拿出十八般武艺，在评委和观众面前又说又唱，又蹦又跳，好像充饱了气的皮球，气力多得没处泻。他们正在为央视选主持人卖力地表现，那一脸自信，让他们去对付才开始的二十一世纪，好像没有什么问题了。

他们有时出洋相，我和母亲就哈哈大笑，他们倾情地表演时，母亲就手脚击节，跟着调子有一搭没一搭地哼哼。说实话，我只爱看那些出洋相的段落，至于谁胜谁败，谁选上谁淘汰，我根本不关心，所以，他们一动真，我就打哈欠，就觉得无趣，就想回到书房去倒腾那些灰扑扑的书。

母亲肯定觉得一个人看电视无聊，就拿些奇怪的问题来问我，诸如我的茶要不要换热的啊，我想吃的包子馅是要香菇还是要粉丝啊，或者突发奇想，说大理山上某种草可治疗痔疮，花20块钱可以请人去挖一大包回来，要不要？……

母亲说及医痔疮时，我正在为一个古老的说法闷笑。无聊之下，我翻开《庄子》随便看了一段，就见"子祀、子舆、子犁、子来四人相与说：'孰能以无为首，以生为脊，以死为尻；孰知生死存亡之一体，吾与之友矣'。"意思大约是，哪个人可以拿虚无来做头，拿生存做脊背，拿死做屁股，知道生死存亡为一体的，我们就可以跟他做朋友了。这个比喻有点深奥，但拿屁股来比喻死，我觉得好过瘾，很有点后现代的意味，死的庄严和忌讳被消解。生与死早在两千多年前就被庄子拿来如此玩笑过，后现代的解构不过是些跟屁的玩意罢了。

母亲说："你一个人躲着笑什么嘛？"

生活真的很奇妙，不是吗？我正在跟着庄子想象"视死如尻"（尻的意思是，屁股），母亲就不停追问我要不要那医屁眼的药，嗳，我的老娘我的亲妈呀！

我只好继续陪母亲看电视。天哪，发生什么事？那些蹦跳的男生竟然已经眼泪喷溅，搞得我很担心电视机会不会被打湿短路。所幸电视机没有短路，反而是我的脑子短路了一下，我问母亲：

"咋个啦？"

"被淘汰了。"

"他们咋个要哭？"

"他们难过。"

"他们咋个要难过？"

"我咋个晓得？"

母亲终于懒得理我了。我很没趣地看着几个男生一边表诉衷肠，一边弓腰向镜头感谢，一边哗哗流泪，把自己弄得像一团团软湿的卫生纸。

母亲真是老了，要放在从前，如果我这么无事多情、鼻涕眼泪，定要挨她的大嘴巴，而此时，面对娱乐节目里哭哭啼啼的一群，她居然看得有兴有味。我小的时候，母亲就说，当众啼哭真是件丢脸的事，而为鸡毛小事哭，就更是该扇耳光。母亲一定忘了她曾经说过的话：就是条狗，都还懂得找个无人的地方舔伤。

好爱哭的男人，好没意思的节目，好无聊的世界！现在，我想打断母亲的专注了，我有心要讨好母亲一下。想起同事那里听来的事，就故作神秘地跟母亲说，你相不相信，狼狗可以吓死博美狗？母亲说，你乱编。我就摸着心口说：一句假话都没有，我的同事亲眼所见，一只小可爱的博美狗来到某基地，一对寂寞的负责保卫工作的大狼犬喜出望外，它们三步两步冲了过来，无比亲昵地伸出了友好的舌头，结果，小博美狗浑身发抖，哇，短促而哀伤地叫了一声，倒地而死。

母亲盯着我的眼睛嬉笑说，你就编嘛。我接着告诉她，主人愣是没有反应过来博美狗出什么事了，抱起小狗，只见它气息全无，鼻子里流出粉红色的液体。这个细节突然让母亲受不了，她惊讶地耶了一声，然后，视线又回到电视机上。

电视里，一个被淘汰的男生特写镜头，他正眼泪淋漓对着镜头这边我的妈说，自己会努力的并感谢母亲的支持和爱。

我就跟母亲说，这么大个头的男人都会为小破事哭塌了去，博美狗被吓死也不是什么稀奇事。母亲像是明白了，她出我意料地积极跟进说：现在的人，真有毛病！

母亲终于换台了，但我还是手捂心口，接着向她保证：我说的绝对是真事。

寂静之声

住在昆明西山背面，是我的宿命。

当我某天夜里醒来，在安静的黑暗中听见虫子们热闹地鸣叫，突然就有了这想法。

悄无人声的夜晚，这是蟋蟀、金龟子、瓢虫、萤火虫、草履虫、蜈蚣……各种虫子们的地盘，我听见虫子们鸣叫，它们翅膀扑动的声音在樱桃树叶里、在蔷薇带刺的枝叶上唰唰响动。青蛙跳进花丛，癞蛤蟆在水边振动着腮囊，欲吸引让它兴奋无比的异性。夜鸟总是很安静，偶尔，不远的湿地那边会响起水凫幼鸟一两声梦呓般的呢喃。

西山背面，宛若世外。

迷惑，继而感到某种宿命。

宿命感其实不仅仅来自夜晚激发的内心怯弱，或是置身黑夜时无法弃掷的恐惧，而是，在睡梦的边缘，你总是无法摆脱生命来去的追想，你总是会想到某些跟祖先有关的事情。我那躺在西山太华山峰上的外公外婆，就这样飘进了我静夜的思绪，此时，我距离他们的空间距离不过数里之遥。

在我的幼年，母亲一直强调着西山的某种重要性，她反复提醒我，太华山上安息着我的外公、外婆以及他们的先人。我少女时代，曾经跟随舅舅去太华寺背后祭拜过外公、外婆的那两尊坟，上面并生着两棵高大的松树。当舅舅在坟前红着眼睛，对我那安躺在西山的外公外婆喃喃说话的时候，一阵风突然掠过松树，像手一样抚过我的脸颊并拖着唰唰声向远处散去。那声音，仿佛我那从未谋面的祖先的招呼，让我战战兢兢。我后来学习中国古典文学，理所当然地把这两棵树当作"连理枝"的模本，即使我对外公、外婆的生活几乎一无所知。

前几年，我喜欢在夜晚去西山，远看霓虹灯渲染着昆明某种俗艳的颜色，听着城市夜晚的声音。繁忙的汽车声如某种停不下来机械振动，营营不绝，而身边虫子的鸣叫伴着时有时无的风声，仿佛被屏蔽在日常生活外的自然之魅，在山林和草蔓之间浮游。

在西山背面托心于寂静，我发现，原来平淡无奇的身外世界，其实充满了无数生动的故事和细微场景。

曾经在某个冬日里，风摇动枯草发出不知疲倦的摩擦声，风，总是来去无踪。在某个夏日，我听见雨声在密密的树林里自西南方而来，然后漂移向滇池的方向。雨滴落在阔叶植物上，四周响起时疾时缓的雨声，然后，雨声逝去，群鸟归来，蚂蚁、蝗虫和蟋蟀开始急速穿行于草地，蝴蝶和斗娘飞舞于溪

涧之间，它们觅食嬉闹、恋爱生子。细小的声音，无人注视的
劳碌生计，它们仿佛在提醒人：我就在这里！

其实，只有在静默与沉思之中，人才会知道，即使最细小
的生物，也在以自己的方式歌唱，这是一些纯然的物质之声，
没有人为的音律节奏，它只表达自己，只表达纯粹的自在之
心——正如庄子"天籁"的本意。有时，我能够如此清晰地感
到，生物界众多灵魂的秘密随着自然之心律动，这会让我突然
从人所具有的优越感和漠然中幡然醒悟：美好而动听的世界，
原来就是这些最平常的事物和它们的生命之声。寂静正在形成
一个充满交流感的巨大空间，以无声（稀声）显现世界被忽略
的丰富性。

想起庄子曾经讲到的"心斋"：无听之以耳而听之以心；
无听之以心而听之以气。听止于耳，心止于符。

这样的心境可遇而不可求。

西山的另一面

西山背面有什么？

曾经问过很多老昆明，都说不知，即或知道也语焉不详，仿佛是一个很荒僻的地方。

多年前我跟拍过一群玩山地车的年轻人，沿碧鸡关某条土路盘山而上，到太华山顶，西面有沟箐，叫猫猫箐，再往西过去，就进到了安宁地界。

凭着不完整的印象，我知道西山以西的安宁地界上，从前有长坡精神病院、昆明西郊殡仪馆，某些废弃的铁路、厂房，以及戒毒所，让人想到被隔绝在昆明城外的某些东西：失常、死亡、荒弃。

西山背面长坡一带，在昆明人那里有个特殊含义。早先，长坡有精神病院，昆明人说谁从长坡来，相当于说他是疯子。我有一个朋友，医学院毕业后当了精神病医生，他曾经给我讲过在那里的经历。二十多岁，心怀理想，却在一个无人交流的荒寂之地守着一群精神异常的人，他的生活与昆明城一山之隔，却有着天壤之别：在村旁的小街买生活用品，在某个有水潭的地方独自钓鱼，看着空阔的天，看不出自己的未来。这样的经历仿佛某种心理历练，在岑寂之中让他对人性有更为静观的深入，现在，他已经是一个优秀的精神病医师。

西山的另一面，少有人探究。西山，仿佛不仅仅是昆明城市的屏障，也阻挡了昆明人对它盛名背面的想象与兴趣。

有一天，我坐在西山背面的某个坡地上，看见滇池上空飘来的云朵。蓝天，清风，荒草，有某种植物的香味弥漫。一个放羊人嘴角咬着根草，悠闲看着远处山坡上的羊群。有时，他朝身边的牛羊吆喝，语气仿佛是责备自己的孩子。羊和人，在这里仿佛不是主人与被放牧者的关系，而是同样被天地放牧着的一群，他们在一起只是为了共同享受阳光、清风和满坡的花草。羊服从着人，人服从着天——日出而牧，日落而归，春萌冬藏，依天时、节气而调整着生命节律。

问放羊人，此地何名？说无名，不过是西山的背面。又嬉笑说要想给山取名，也可以叫象鼻山，因这山脊侧面，仿佛一支象鼻延伸到山箐汲水。那是怎样的大象呢？它仿佛来自沙漠地带，一旦见了这长满花草的溪水，便不知疲倦，把一个喝水的姿势做到地老天荒。

可我知道，山峰的那一面，就是昆明著名的旅游景区——华亭寺、太华寺、三清阁、龙门，这些被称为文物的寺院、景点无不需要买门票进入。此时，景区里当是游人扰攘，导游们会用不同的声音重复着已经讲了成千上万遍的导游词，游人则找寻着从前的旧迹，登高感怀，或是寻找照相的最佳景点。而西山的这一面，少有人涉足，放羊人不知道西山那些历史，不知道杨升庵、徐霞客，也不知道赵藩、孙髯翁。这里不是旅游目的地，没有胜景可供抒情，有的只是一种不受打扰的自然，在喧闹的世界之外自我消长，甚或，把一种简单姿势做老的单纯想象。

在西山的正面，你无法完全逃脱旅游的惯常逻辑：到著名的景点，寻找文化的影子，寻找某个点、某种前人的记忆，并期望在某一点上找到与古人旷世相感的情绪对应。而在西山的另一面——西山西面，这里的一切都隐退成寻常无名而无须记忆的景观。

某一天，我在这里失去身份，彻底忘记理想追求，自己的存在也如同一只羊，一棵树，某株无名灌木，一根纤细的小草，一个从这边到那边的小甲虫，一只无人见过的蚂蚁，水潭中某只正在长大的蝌蚪。

物我两相忘，只是一转身的距离。西山背面，谁会在那荒山野水之地寻找世俗和功名的影子？

杀，无痛

办公室对面有一巨大户外广告牌，半人高的字"150元=全套"。再看，"让XX无痛人流品牌造福女性"。广告挂了将近一年，中间换过新画面，字体更大，仍是同一广告。我先以为"150元=全套"广而告之的是床上用品，后来看见"无痛"，方细看，才知道是一个堕胎手术的全套项目：术前检查，B超，抗感染等等。

应该说，这个广告的核心是"无痛"。外科手术的无痛，通常是麻醉的另一个说法，这个广告的无痛，显然也不会有什么比麻醉更高深的技术含量。无痛人流这几年很流行，原因有二，一是人流手术变得普遍，越来越不被当回事了；二是医生和病人的胆子变大，对麻醉越来越无忌。人流，一个极其敏感的词，联系着隐秘、疼痛，一直伴随着某种关于性和生命伦理的道德争论。即使在中国人认为有充分民主自由而且风气开放的西方，人流也依然是一个慎重而沉重的话题。

无痛，正在悄悄完成着一些颠覆性的变化。

1997年，我因肺部感染到昆明某大医院分院治疗，医生安排我在妇科治疗室的隔壁打点滴。隔壁，用简单的木板隔开，是个人流手术室。每天，在我打点滴的这两个多小时内，总有人来做手术，多的时候三四人，少的时候也有一两个人。躺在病床上，我可以清楚听到那边的动静：女人痛苦的喘息和叫喊，金属器械与盘子碰撞，叮叮当当，医生吩咐"莫紧张，身体放松……再忍一下……好了好了，快完了……"。有时医生们很厉害："腿分开，别缩……忍一下嘛……莫叫了，叫有哪样用？……快拿完了……二天么小心点儿了，再拿，子宫都要通了，不要命了？"听到某种振动声，伴着女人的尖叫：啊……疼，疼死……。这是一个惨烈的手术，通常，手术的剧痛会让一些人呕吐，隔壁的我，被那边的声音搞得毛骨悚然，心神不宁。

生病虚弱，加之抗菌素把我弄得颅内生声，耳鸣不断，于是我只会产生一种惨痛的想象：隔壁正在进行一场合法正当的"屠杀"。那些也许会长成孩子笑脸的小肉团正在被剥离，被某种器械从母体中吸出，而此时的母亲，在疼痛中鲜血淋漓。正是酷暑，我不停冒冷汗。

人流，对于任何一个经历过的女性，都是一种很深的伤害。手术伴随着疼痛、无奈，以及被某种谋杀意象催生的心理愧疚，甚至羞耻、道德等等压力，都会给女人一个严重的警告，让她们对可能致孕的性行为保有足够的慎重态度，而无痛，正在把女人身体的警告系统拆除。无痛人流，也在形成某

种普遍的麻痹，把一种蚀骨铭心的伤害抹平。无痛，正在带领人们义无反顾，冲破各种禁忌去寻找身体快感。因为无痛，女人们正在对人流这种伤害母体、毁灭胎儿的手术变得无畏、冷漠，而这背后真正让人害怕的是：对生命的无所谓以及对生命伦理的无视。

不久前在电视里看到，一个16岁的女孩已经做了3次人流，第三次，胎儿已经有6个月大。女孩说，她听到引产手术时胎儿骨头碎裂的嘎吱声，被拽出来的胎儿毛茸茸，通红，而且晶莹剔透。女孩问主持人：你看过恐怖片《饺子》吗？就像那个孩子，红红的，晶莹剔透。女孩平静而不动声色的描述让我震惊。对我而言，这无动于衷比恐怖片更叫人战栗！

在温暖的沙发里，我感到一种末世的寒冷。

Party背上的线头

服务生轻迈步履快速穿梭，美女名媛款款而来，香槟红酒，室内弦乐队，接下来，你一定也猜到了，这场高雅Party的主角：成功男人，财富之士。

厅堂里被布置得高雅迷人，高级香水异香四溢，各路美女个个露肩裸背，香艳无比，好一个活色生香的世界啊！

进去找个座位，不要居中，不要太背。有节制地微笑，含蓄优雅地点头，劲道适中地握手，恰到好处地鞠身低头，宁愿表现得老派，也不要表现得轻狂骄傲——那太像暴发户。

坐下来，迅速而精准地扫视四周，尽量做得不露痕迹。表情不要太冷傲，也不要太急迫，适当地好奇，但不要透露无知。用手指端起服务生送来的红酒、果汁，小口地呷，或者让服务生用玻璃杯盛上矿泉水，拒绝其他所有的东西。

红酒有些年份，但也不太老，大派头没有，用来调制Party氛围，情调也够了。香槟味道不错，但不要露出你的贪恋。

Party开始，也许会有某个官员到场，他一定是会场里最没有风度的人，但大家都对他露着些恭维的表情。其他的男人则不同，大多是有产者的打扮，服装保守精致，绝不会出现街头流行的怪异风格。男士们的品质无须像女人一样表象、耀眼，而重在细节质量：沉着、老道、不露声色。场上的男人要么叼着昂贵地道的哈瓦那雪茄，要么手执一个样式独特的烟斗，要么拒绝所有的香烟。当然，作为有身份的男人，身边怎能没有装点的美女？但某些Party，男人们当然不愿带自己的老婆来，他身边应该有女助手，亲密女友，或者就是那种漂亮但身份绝对暧昧的年轻女子。她们神情冷漠骄傲，但对自己的男伴有着绝对的恭敬。这些女子，身穿华丽暴露的晚礼服，像舞台剧一样具有表演和夸张的效果，让你觉得日常服装是多么沉闷平庸，女人一生中没有这样盛装出场过，真是天大的缺失呀！美女们长裙曳地，偶尔起身便用双手提着裙摆，很像电影中的古典贵妇。令人羡慕呀，男人们的风度，女人们的风雅，场面奢华美丽，人生怎能少了如此的受用？有质量的生活怎能没有如此Party装点？奢华男女加上妙曼暧昧刺激着你的感官，刺激着你的物欲，同时也在激励你成功的决心。

可惜，总有闹心的细节破坏你的兴致。比如，一个美丽的晚礼服女子跟跄了一下，她踩到了自己的裙裾，此时你才会突然注意到那华丽礼服的下面，被不太干净的地面弄得脏污，显然还沉积着很多次的污损。然后，你可以看到一段线头！即使你高度近视，也可以看清那粗陋的线头是如何翻越了繁复的蕾丝花边，爬上了赤裸的玉背。可能是晚礼服上身不合体，绷炸了，又被粗针大线地逢了起来——礼服的后缝上还穿着一根救急的大别针。你会为自己看见这细节无比抱歉，然后，你会恍然想到，这些女子也许跟礼服一样有某种租赁的意思？有钱人的游戏，没有什么不可以。

　　当然，我想说的是，租赁不租赁都没有关系，只要钱足够，不留线头的Party可以很简单做到，但那种假装的高贵，那种可以拿钱买来的尊严，怎么看，都显得廉价。

蝙蝠之祸

草地上，四个看上去纯洁无比的小孩兴奋不已，叽叽喳喳。一只落难的蝙蝠被小棍子压住翅膀，发出绝望的惊叫。

"哪里捉来的？"

"这边。"最大的小男孩10岁左右，很不耐烦地白了我一眼。

"假山上？"

"嗯。"小男孩对我的好奇毫无兴趣。

他是这拨人的老大，对着其他几个人大叫："让开，我来教你们咋个玩。"

另一个男孩，7岁左右，顺从地让了让身子。

大男孩用刚摘下的石榴枝伸到蝙蝠的嘴旁，蝙蝠张开嘴紧紧咬住。男孩兴奋地大叫："是吸血蝙蝠，看它的牙！"

蝙蝠的脖子被另一根小棍压着，它酷似老鼠的头正拼着命往上抬，尖利的牙齿此时已经松开。蝙蝠的口张得好似比头还大，粉红色的嘴巴，细密的白色小牙齿，薄薄的大耳朵煽动，继续发出惊绝的惨叫。

"害怕！"蝙蝠上方，两个不满6岁的小女孩往后缩了缩身子。

大男孩拿两根棍子夹住蝙蝠，按进旁边的水塘中。蝙蝠拼命舞动手足，挥动肉乎乎的黑翅膀。蝙蝠在水中不停挣扎，男孩子继续按着它往下沉……

听不见蝙蝠叫声了。

水在扑扑翻动

……

那个夜晚，蝙蝠悲怆的叫声延伸至梦中。那是一种类似于木头的声音，吱吱嘎嘎，焦急，短促，穿透力极强，夜色之中，蝙蝠犹如鬼魅。在西方文艺中，蝙蝠也总是带着夜晚的诡异，跟吸血鬼一类的形象相联系。我记得在缅甸蒲甘的某个古塔中，这种声音藏在永远不会有阳光照进的某个顶部，让我惊骇莫名。在古老佛像微笑着的幽暗空间，我曾经赤脚踩过落满蝙蝠粪便的地面，塔里的空气充溢着浓重的腥味。而在那个蝙蝠惊叫的夜梦里，我又闻到蝙蝠的腥气，在昏暗的隧道里寻找着佛的微笑，寻找通往光亮的门洞……

在汉字中，蝙蝠之"蝠"与"福"同音，蝙蝠被视为吉物，很多建筑雕饰和绘画，都会采用蝙蝠的形象。在大理一带，很多民居墙头的纹饰，还看得出蝙蝠的抽象和变形。但这次，蝙蝠的名字没有任何的福祉之意，几个小孩子的残忍断送了它的性命。

蝙蝠之祸，来自它进入人群的盲动。有时，人心中的暴力会藏在某些意想不到的地方，某些你以为最纯洁的笑意之中，没有任何迹象，以最简单而无法改变的方式到来。猝不及防。

狗那点事

（一）狗美人贵

女主人，50多岁，身后跟着一只普通但被梳洗得很顺的白色小狗。小狗，被弄得像娇宠的公主，头上顶了一个硕大的粉色缎带蝴蝶结，脖子上闪亮的小银铃嘤嘤响着，吸引来众多目光。

那女人，不年轻、不漂亮，长相寻常，身材一般，但捣救得出席晚宴一样：红唇，细长眉毛，脸上抹粉底，亮晃晃的发胶把她的头发规顺进后脑发髻，高耸的刘海小栅栏一样拦在额头与发际之间。一身笔挺的棕色料子衣裙，内里着蜜黄色低胸套衫，脖颈上挂着黄灿灿的项链。她是个有优越感的女人，自信、浓妆、气定神闲。

她悠缓走在人行道上，表达并享受着某种被自己想象出来的贵气，偶尔低首，跟自己娇媚的狗狗说话：

"好好走，要不，我就不喜欢你了。"

"过来，那边脏，我才挨你洗呢澡。"

"你想吃哪样？狗粮还是排骨饭？你要乖点儿，我明天再去买鱼味的狗粮给你吃。"

"来来，莫乱跑，小心被车碾着……"

那狗也乖巧，不跑远，只在女主人亮亮的皮鞋附近，脖子上嘤咛的铃声，配合着女主人从容而有节奏的高跟鞋。它不时抬头，看看高傲的主人，接受主人的训导，有时又被自己的性情牵引着去嗅行道树，嗅地面上某些奇怪的污渍。

女主人很讨厌自己的狗去嗅哪些暧昧的垃圾，可那狗狗虽然很会讨好人，有时却实在难以控制自己的狗性。比如，每经过一棵行道树，狗狗就会痴迷地围着嗅；有时，它以某种很不雅的动作跷起一条后腿，在树上留下几滴尿液；有时，它身不由己地把口鼻凑近不知哪条狗留下的粪便；有时，它对着一块干翘翘的狗屎十分陶醉，仿佛面对一块美味的干酪。每到这样的时候，女主人就会提高嗓门，像威胁小孩子一样：

"曹耐鬼（注：昆明人骂人的话，意为恶心。），你再仿这种我就不耐烦理你啦！你咋个那么丢人？"

被喝叱的小狗不得不离开自己喜爱的东西，摇着尾巴回到主人身边。

好长一段路，狗狗跟主人，以自己的方式表达着某种亲昵，享受着美好的关系，享受着行人们羡慕的目光。狗狗因主人的宠爱而无比乖巧，主人也因惹眼的狗狗而很有面子。这美好的关系一直持续，直到小狗突然四足拄地，做了一个专注的动作：它伸直脖子，后身微微下蹲，两坨核桃大的粪便滚落出来。女主人小声嗔骂："曹耐鬼。"但她并无意于收拾地上的狗屎。狗狗应声抬眼看看主人，接着低下头去嗅自己的粪便。女主人大声叫起来："你莫曹耐！赶紧走。"可是，狗狗仿佛着迷一样，吸着鼻子更近地凑近狗屎，它的下一个动作让女主人惊叫不已——它突然张嘴，把自己的粪便咬进嘴巴。

女主人仿佛被抢一样大声叫喊："赶紧吐出来，曹耐死了，赶紧吐出来！"她没有意识到自己的惊叫引来一片目光。

狗狗一点也不理会女主人的大呼小叫，它以极快的速度咀嚼，接着咂嘴做了一个吞咽动作，才忐忑地抬头看主人。

女主人看看周围，脸突然通红。她踩着高跟鞋疾走而去："丢死人了，老娘不要你了。你个曹耐鬼……"

小狗很迷茫，定了两秒，开始追赶主人，粉红色的蝴蝶结在它雪白的毛发上跃动，小银铃嘤咛响着，一路急促。

过来一对年轻小恋人，女孩子盯着小狗："好漂亮的狗狗！我也要要。"

（二）狗屎陷阱

白色半透明衬衣，一条裹紧屁股的小牛仔裙，染了蓝色指甲油的脚趾头很自信地暴露在凉鞋外。她脚上的透明凉鞋很好看，缀着蓝色的花朵，当她向前迈步，一排可爱的脚趾头就带着一朵层层叠叠开放的蓝花儿欢快行进。年轻女子的漂亮脸蛋跟她的脚趾一样自信，她高昂美丽的脑袋，用富有弹性的步子在人行道上弹出迷人的节奏，她扭来扭去的小屁股下匀称的大腿如此活泼，真让人赏心悦目，让人忍不住对世界生出几分爱意来。

路人都向她频频张望，仿佛从前的罗敷上路，"行者见罗敷，下担捋髭须。少年见罗敷，脱帽着帩头。耕者忘其犁，锄者忘其锄，来归相怨怒，但坐观罗敷。"可惜，今天没有人可以用那种农业文明时代的慢节奏来欣赏身边出现的美人，大家只是回头，再回头，然后忙自己的去。只有我，满怀虚妄的念想，意欲用词语记住美人。可是，词语是一种多么无聊而无力的玩意儿——比如我要描写这美丽女子，涌来的却尽是些平淡的小词儿：年轻、漂亮、活力、性感，明眸皓齿，花容柳腰……，还是词不达意。在我看来，这些词语包裹着谁也说不清是何种力道的磁场，仿佛魔法一般，在一个晴朗美好的天气里搅动着人心。

无意间，几句不知谁念叨过的句子突然冒了出来："啊，姑娘姑娘，漂亮漂亮；警察警察，手里拿着枪……"。挺没意思的句子，但记得住。记住，就是意思，看见美女，记住，迷住，把持不住，就是意思。

姑娘姑娘，漂亮漂亮……

可是，谁也想不到，一坨狗屎将美丽瞬间变为尴尬。今天述及，仍然让我痛心疾首。

事情是这样的，昂首阔步的美女一伸脚，突然踩到人行道上的一坨狗屎，接着，她几乎像子弹一样飞身倾倒，那狗屎好像不是狗屎，而是超级润滑油，将她和一只精巧的小坤包推送出去。美女摔倒的速度惊人——她甚至在沉闷的啪嗒声传来之前，就跌倒在人行道上。她摔的很重，疼痛让她对着天空龇牙咧嘴，继而羞愧的血红色涌到面部，又往下红到脖子。而且，极其不幸，起身时，她不知怎的顺势坐倒在被自己踏成长幅的狗屎上，她恼怒地看着地面，突然意识到自己正在展示着一个大幅走光的姿势，赶忙夹腿，狗屎已经贴上她白白的大腿侧面。她犹豫着如何起来。

三步之外，我觉得应该上前拉她一把，美女却对我的在场极其鬼火，恼怒地瞪了我一眼，那意思我懂："看什么看？！"合着那狗屎是个跟我有关的诡计？我伸出去的手迟疑了一下，终于停在虚无之中。

她一只手拄地慢慢爬起来，先侧过身来气恼地看了看大腿上的狗屎，又沮丧地看看散落一地的东西，蹲下身去先捡了纸巾，擦自己的腿。那只没拉上拉链的坤包很不争气地把里面的零碎倾泻一地：钱包，手机，头带，纸巾，口红，粉盒，小镜子，小牙刷……每一件东西都那么不合时宜地展示着跟主人相关的细节，而且令人讨厌地等待主人来收拾。

面对突如其来地尴尬，可怜的女子，她的脸上交错着人生最复杂的表情：气恼，沮丧，伤心，羞辱，愤怒，委屈……

其实，我也很鬼火。都是女人，我也很有惺惺之惜，我心里也在恨恨地骂：谁他妈家的臭狗屎？可恶！可是，美女也不必迁怒于我呀，你漂亮的脚趾头看不见狗屎，你的眼睛是看得见的呀。那么惹眼的狗屎，就是一个恶俗的提醒嘛。还有，没人奉劝吗：

1、美女出行，不能只抬头看天，也要低头看路；

2、穿得太短，当心走光；

3、漂亮的凉鞋经常都不稳当；

4、在这个城市，人行道也是狗狗们的公厕；

5、狗屎有时很滑；

6、……

嘘，一泡狗屎，如何惹出恁多事来？拿狗屎说事，纯属吃饱了撑的。我无聊之极，还不成吗？

（三）狗 性

事情从一只大狗和一只小狗开始。

大狗通体金色光亮，干净精神，清俊的脸上流露着某种饱足后的从容，优游在桂花喷香的空气中。然后是那只脸上挤着厚厚褶皱的小狗，它呼哧呼哧跑了出来，这是只奇怪而丑陋的皱脸狗，灰不灰黑不黑，脸上贴了一块不匀称的白毛，整个狗脸好像以鼻梁为中心被谁用针胡乱地撮了缝在一起，那样子挤眉皱眼，似笑非笑、似哭非哭、似恨非恨。

人有谚语说"丑人多作怪"，狗也适用。皱脸狗，体型不到黄狗一半大，它从蔷薇栅藜里一钻出来就奔着那漂亮的大狗去了。它先是虚张声势地叫，又喘着粗气、端着一块皱脸去拱大黄狗的脸、大黄狗的屁股，接着鼻子就伸到了大黄狗下体。大黄于是转着身子跟皱脸磨皮擦痒，一脸兴起的激动样子。皱脸又是挖胯又是撅屁股，做着各种挑逗动作，然后突然跑开，翘起一条后腿在木栅栏上留了些液体，大黄冲过去津津有味地闻、舔，然后就有些狂躁，它追着面目暧昧的皱脸狗，后来就以某种强暴的动作进入了皱脸的身体。皱脸哼哼唧唧嚎叫了起来，一大一小，一高一矮，两只狗就这么相当别扭地挂在了一起。大黄狗依然是蛮无所谓的样子，皱脸却满面苦楚——不知道这是它的面相，还是它的表情，它被大黄反身拖来拖去，不时发出某种说不清是惨烈还是兴奋的嚎叫。

相当长的时间，车来人往，两条极其不般配的狗就这么不知羞耻地挂着：一只身体高大眉眼漂亮，一只个头矮小面目丑陋。两只狗一点也不在乎般配啦、合适啦、谐调啦这些人类等级、种族、身阶等身份讲究，它们只按照狗性行事，性起而交。

狗的性行为，人通常只用交配、交媾、交尾这些词，而不会被冠以做爱啦、恩爱啦、激情啦这一类带情感的词汇。其实，狗肯定不想理会人的这些框框套套，对狗而言，性，就是性，交媾就是交媾，生出杂种就是杂种。狗肯定不会像人一样，用某种语言将性行为提升为精神的性的东西。人把不道德的性行为指斥为畜生，把因情而起的性、有规范和节制的性，称为爱情。语言，让人拥有了尊崇的精神地位，也让人有了道德律令。

可怜那两只狗，被生殖器缠绕反身挂着，尽管这是个阳光灿烂的日子，周围鲜花烂漫，空气中香气迷人，一片浪漫光景，但你无论如何也看不出来，这是人眼中猥亵的狗性，还是狗儿们甜蜜的阳光之爱。

必也正名乎

给事物取个名字，叫做命名。命名，是一种很有意思的智力活动。在结构主义者和符号学那里，命名也是一种大有深意的行为，但我更喜欢民间的命名方式，它给我简单的快乐，并总是充满故事性，比如以下三个命名的逸事。

"六公斤"

在资料上看到，直到上个世纪70年代初期，云南省怒江州的州府六库附近还生活着绿孔雀。据说，在六库城南对面的山上就有很多绿孔雀，可是当地人并不知道这种漂亮的大鸟是什么东西。1972年，中国科学院昆明动物研究所的专家因研究课题来到怒江寻找绿孔雀。老乡说晓不得什么是绿孔雀，把照片给老乡看，老乡说：噢，这鸟我们叫"六公斤"，山那边有的是，老远就听得见它们在叫。

专家们在老乡的指引下找到了"六公斤"，它正是绿孔雀。

原来，那个时候怒江一带还非常封闭，人们很少跟外界接触。虽然他们生活的地方动物种类很多，可是，他们还不懂那种我们称之为"科学"的命名方式。有一次，当地一个老乡在山中打到一只绿孔雀，他拿去集市上称了称，刚好有六公斤，于是就把"六公斤"这个名字给了孔雀。直到现在，怒江泸水县一带的老人还记得他们曾经见过这种叫做"六公斤"的大鸟，只是今天，他们再也不能在家门前看见绿孔雀美丽的身影了。

"黑石头"

大约在726年前，也就是公元1275年左右，一个叫马可·波罗的意大利人来到中国，此后的17年间，他一直生活在中国。在中国期间，马可·波罗深得元世祖忽必烈的信任，被授以朝廷官职，他也因此得以走到中国的许多地方。

有一年，马可·波罗来到契丹国（现辽宁省辽河上游一带），他无比惊奇地看到当地人在烧一种"黑石头"，于是《马可·波罗纪行》一书中记录了这种"黑石头"。马可·波罗说，契丹全境都有这种黑石头，用来燃火，比柴薪好烧。如果是晚上燃火，到第二天都不会熄灭。因为这种黑石头非常好烧，当地人虽然生活在一个盛产林木的地方，却不用木材做燃料。他分析说，这是因为黑石头价贱而燃烧时火力又很足，如此，当地人为什么还要烧木材呢？

在《马可·波罗纪行》的修订本中，还加上了这样的记录：当地人有每星期洗浴三次的习俗，而且到了冬季还要日日洗浴，地位稍高一些的人家和能够自给的家庭都要在家中置火炉，实在是因为黑石头取之不尽而价格又非常便宜。

今天看来，这种黑石头就是煤，只是那时还未被命名。其实，中国人两千多前就开始用煤炭了《前汉·地理志》曾载："豫章郡出石，可燃为薪。"用来燃烧的黑石头被叫做"煤"那是后来的事情了。（注：豫章郡，古县名，制所在今江西南昌。）

"气死猫"

气死猫？这是什么东西？是一种老鼠药。在民间，养猫原来是为了捕鼠，不像现在城里人把猫养来宠爱。什么样的猫最好？当然就是能捉老鼠的那种。

传说从前的猫不像现在的猫这么懒，缺乏灵气和野性。从前的猫生机勃勃，对捕鼠有极大兴致。猫捉到老鼠后不是先自行处理，而是把猎物玩得够呛，之后才用嘴叼着战利品来主人面前炫耀一番，得到主人那赞许的一眼，猫才哼哼呜呜自己去享用美餐。居于这样一种民间的评判标准，才有"气死猫"的说法。可以猜测，给这种老鼠药取名的人，是如此揣测猫的：猫希望自己是天底下最厉害的捕鼠能手，现在居然有比自己还更让老鼠害怕的东西，猫于是愤愤地说，威风扫地，真气死我了！

不过，这个名字城里人不太明白，城里的猫几乎不会捉老鼠了，还因为城市的猫观念也变了，它们又肥又娇，像主人希望的那样——看上去高贵，显得很有身份的样子。它们自然不会因为自己丧失了天性里的杀气而自卑，当然，它们也不会因为有一种药让老鼠更害怕而感到自己威风扫地。

了解这些城市猫后，老鼠们会不会在一起给猫命名，就叫"乐死鼠"。

古琴与古茶

元末明初，刘基写过一篇寓言体散文《良桐》。

一个叫工之侨的制琴木匠得到一段上好桐木，斫而为琴，弦而鼓之，金声而玉应。于是，工之侨"自以为天下之美"，他怀着恭敬之心，将琴献给朝廷，结果因"弗古"，被怠慢拒绝。一把上好的琴，因为太新而被拒之门外，时风如此尚古，工之侨的一把好琴只能搁置于无声之境。

工之侨回到家，请漆工将琴面漆以断纹，做出古漆脱落之貌。这样做是因为当时的人认为"古琴以断纹为证，盖琴不历五百岁不断"。又请篆工在琴身刻上仿古的款识，然后将琴用木匣子装了，埋入土中。一年后，工之侨拿了这"做古"之琴到市场上，被一个很有身份的人以百金买走，并拿去献给朝廷。这一次，朝廷各种乐官拿着琴争相传看，惊为稀世珍宝。工之侨闻知此事，仰天叹道：可悲啊，哪里又只是一把琴呐，这个世道莫不如此。于是隐入宕冥之山，不知所终。

如此"尚古"，实在可笑。

可叹的是，今天，如此"尚古"也是大有人在。比如，普洱茶，比如古董，似乎都喜欢用时间来衡量它们的身价。很多人尚古，并非那番古意引人玩味（古玩，我以为是一个有趣味的词，古而可玩，玩字便有了品位），而是因为年代成为衡量器物的价值，在这些东西上，时间变得值钱。此种尚古不若说是爱钱，趣味，反在其次。

　　曾有人请喝普洱茶，小心翼翼拿出二十多年的藏货，说是上千元一泡，够排场。

　　一番茶道表演，茶水被小心奉上。茶叶的味道我真没有品出个长短，要在茶水中喝出排场来，我的趣味也还上不了这个道儿。呷着茶水，听着"茶博士"的滔滔之词，只觉味道霉熟，茶汤深暗，全无所谓的上品之韵。

　　我可恶地联想到工之侨对新琴恶作剧般的做古，也不知这茶的年份是真是假？

字典的解读

在中国，大凡识字的人家，不可缺少的就是一本《新华字典》，或是一本《现代汉语词典》。对于很多人，《新华字典》、《现代汉语词典》只意味着一本工具书，它就放在书架最好取的位置，只有当你不会写、不会读或是拿不准某个字、词时才会翻开它，而且仅仅是查看一下就丢开了。上一年级时，我们只会跟着老师读写汉字，上三年时，老师开始教我们怎么用字典，然后，字典就成为带我们进入文章的老师了。

在我的经历中，字典、词典，堪比心智启蒙者，而且，它们是那种智慧大度而又平易沉默的老师，它们从来没有显赫张扬过，也从不在乎你如何看待它。

幼时，《新华字典》是我所能找到的最好读的书之一。我家早期的字典，好像是五十年代的版本，其中的插图很多，它们给我一种非常好的图画感。直到今天，我依然认为没有插图让后来的《新华字典》可读性逊色多了。我喜欢读字典，原因很简单，它像一个招之即来的老师，教会我认识一个字的发音、字形和字的种种意思——它们远远超出老师讲的内容。这些字、词和插图给人一个极大的想象空间，并且教我予最初的汉语语感。当然，字典最基本的功用还是工具——准确、权威地解释字义，甚至必须一丝不苟的保持刻板，所以它也被认为是最没有看头的。

　　读字典的第二阶段是读词典，看词典看出些门道，得经历些时日，经历和阅历越丰富，越能读出深奥的门道。比如，关于"阶级"一词，六十年代与八十年代、九十年代是大不一样的。"人性论"一词，《现代汉语词典》1978年的版本较1996年修订第三版的解释多了一段注解性的文字，说欧洲文艺复兴的人性论提倡个性解放，具有反封建的作用，"但由于它撇开人的社会性和阶级性去解释人性，掩盖了阶级斗争的现实，后来被资产阶级和修正主义者用来宣扬阶级调和，反对无产阶级专政"。又比如，关于"仁政"一词，前一个版本较后一个版本所列实例也不同，1978年版为，"我们对于反动派和反动阶级的反动行为决不施仁政"。而1996年修订第三版为"施行仁政"。这些明显的变化中藏着多少所谓"形而上"的时代内涵啊。此外，生活的改变也在增加着词典的新内涵。因为新的时代会有新的内容，所以字典、词典又是所有书中版本最多，重印次数最多的书。精于此道的人用词典，会非常讲究版本和出版社的权威性。

　　在中国，商务印书馆理所当然是字典、词典最权威的出版机构，而且它的字典、词典依然沿袭着最朴素的面孔。这让人想到当今正在消失的风习——朴素而坚实的智慧。话到此处，倒要撇开沉重，轻松一下。早些年，民间方言里曾有叫"电驴子"的一种新东西——可理解为用电的驴子，1978年第一版的《现代汉语词典》这样解释：机器脚踏车。到了1996年修订第三版变成了：摩托车。不知道再过些年 "电驴子"又会有怎样的解释？对此，我所想到的只有两个词：时间，词典。

粮　食

那不仅仅是粮食。

不仅仅是米、麦；不仅仅是荞子、包谷；不仅仅是大豆，蚕豆；不仅仅是洋芋，红薯。那是养育人的生命的基本物质。我们的身体，我们的健康，我们所有对世界的认识，都是从粮食开始的啊。

我父母和老师，用他们祖辈留下的教诲，在每一个生活细节中一点点灌输给我中国人对粮食的依赖，那种无法言喻的感情。

我从小就受到教育：必须尊重农民，因为他们生产我们最需要的粮食。没有农民，我们会饿死。我从小就知道，粮食是人所最基本的需要，有了粮食，就有了其他的东西：快乐、歌声、还有，比活着更高的理想，比现实更高的希望。

"谁知盘中餐，粒粒皆辛苦。"缘于此，我们必须对那些"土气"的农民心存感激，并用生命来尊重他们。

在母亲眼里，浪费粮食是一种最大的罪过，饭后碗中遗留有饭粒，是一种非常糟糕的恶习。吃饭前，家里的桌子要抹得特别干净，一旦饭撒泼在桌上，也不必怕脏，拣起来吃。很小的时候，我喜欢直接用嘴嗫桌上的饭粒，至今，仍然记得餐桌上那种与饭粒相连的奇特气味。

浪费粮食的可耻与可怖在民间传说中总是具体而生动的。糟蹋粮食的报应非常可怕，会被雷劈死。老人说，他们亲眼见过被劈死的人：烧焦的身上有神秘的字。"那是真的，奇怪的字，是天书，老天爷的警告。"我们听了害怕，打一颤。老人们又说，不浪费粮食的人根本就不用害怕，雷不打好人。

实际上，在我成长的年代，浪费粮食几乎是不可能的——供应的粮食只够勉强填饱肚子。母亲面对我和正在成长的几个哥哥，经常为缺粮而发愁。有几年，我们大约在每月的20号以后就把当月的口粮吃光了。25号，才能买下月的粮，中间的这几天，只好到邻居家借粮。平平借来，满满还回，我在上学之前就知道这个民间借贷规矩。

对粮食的珍惜与美德有关。母亲曾经夸我大哥，说他吃饭时，桌上哪怕只落了一颗饭，他也要拣起来吃掉。看人看小节，一个不糟蹋粮食的人，自然也不会糟蹋别的东西，母亲因而觉得大哥是一个有责任感的人，让人放心。

粮食是美好的，老师告诉我们。小学一年级，跟随老师到田间拾麦穗。面对着一片尚未割倒的麦田，老师说：多美啊，这就是我们吃的粮食。很多年后的一天，想起了老师的这句话。那时，我和我的初恋朋友正在小小心心陷入某种感情，我们穿过一片成熟的稻田，眼前的田畴颜色青黄，散发着饱满的香味。生机盎然的田野，粮食带来生命的芳香，也给世界带来诗意和至纯至美的气韵。

对于我，粮食的诗意还来自我的父亲。父亲去世，整理遗物时，我找到一封大学时候父亲给我的信。那时，我正面临毕业，不知道该如何选择未来。父亲来信说：只要踏踏实实，做什么都有希望成。父亲让我避开当时令人羡慕的机关单位，不可浮于事表，要做个对社会真正有益的人。父亲打比方说："一只黄金首饰，价格昂贵，除了装饰，又有何用？一具升斗竹篮，问价有几何？但谁说得清它装过多少种子、颗粒？"父亲对我的希望是：做不好看，但能装盛种子的竹篮。因为种子是最本质的，像粮食一样最朴素而不可缺少的。

一次在外采访，路过田野。入眼皆是成熟的谷子，我突然泪水汪汪。不仅仅是因为好看，不仅仅是粮食让我想到父母，不仅仅是一种空泛的情绪，而是因为忘记！忘记粮食，忘记土地，忘记与土地相连的最本质的东西。我还要到什么地方去寻找我所期待的诗意和智慧？

哀乐之哀

哀乐响起，意味着一次永远的告别。

我最早听到哀乐，大约在1974年，一个小学女同学死于骨结核。追悼会上，我和一大群小姑娘本来还很安静，突然，哀乐响起来，我们被那音乐激发着，号啕大哭。其实，那女同学跟我们也没有多少感情，我后来回想才知道我们哭，是因为必须哭。必须对死亡表达悲伤——只要这死者不是坏人、敌人，不是那游过街、判过刑的，他们的死，我们都要"寄托我们的哀思"，否则人将不人，变禽兽。老师在教"学习张思德"那课时，告诉我们这个道理。而我那早夭的同学，当然也需要我们为其表达哀伤的情感。

死亡是一种别人的疼痛，死亡几乎伴着每一个人。

一个妇人抱着自己夭折的孩子跟活佛说：老天不公，为什么要让我的孩子死去？为什么我要接受这生离死别的痛苦？活佛说：女人啊，如果你可以寻找到任何一个没有死过亲人的人，并从他那里拿来一粒芥子，我就可以让你的孩子复活。妇人没有可能在人间找到与死亡无关的人，她永远也拿不到世界上最不足道的芥子。

世事无定，一切都构筑在沙堆之上，只有死亡是我们唯一能够确定的事。

有人辞世而去，他去了什么地方？那地方什么样子？死亡，死者一次不留地址的出发。作为活着的人，我们再找不到他，再也找不到一种联系方式。此世，现代通讯技术让活人的世界纠缠得更紧，越来越无处逃遁，越来越缺乏私密，但即使是最先进的通讯工具，也无法打开死亡的沉默，无法探出死亡的巨大隐秘。那是什么样的秘密？面对死亡，我们束手无策，无能为力，我们因哀伤而哭泣，因莫名的恐惧而哭泣，然后，我们感到了人生的虚无，我们既悲生，又悲死，于是，哭啊。

1963年，法国哲学家福柯曾经写到："正是在死亡中，一个人才能逃避各种单调乏味的生活，不再承受它们把一切人拉平的影响，从而与他自己融为一体。"死亡，最终使人变成自己。而两千多年前，中国的先哲庄子就已经视死亡为人的终极自由，终于解脱生之劳役了，庄子于是为自己死去的妻子鼓盆而歌。逝者已矣，可怜那活着的人，丧失亲人让我们受到了巨大的打击和哀痛。至于更多的人，他们将为死者倾注其同情和悲悯。出于人伦和人情的考虑，生者需要一个仪式，一场严肃的告别活动，以显现对生命的敬重，同时也对那已经逝去的人表达哀思和怀念，为仪式而生的哀乐，将我们再次推入悲伤的氛围。

其实，并不是所有人都因他者的死亡而哀伤，中国民间从前有人专门为人哭泣，为死人号丧。号丧，只是为了哀伤的仪式，它与哀伤几乎没有什么精神联系。自从有了录音机，号丧被代替，哀乐被不知疲倦地重复。重复和雷同，让悲哀变成一种可以复制的形式。

作为仪式的哀乐响起，一板一拍，一遍遍重复，把千差万别的哀伤和痛苦弄成一个调子，它所表达的只是哀伤的形式，跟真正的哀伤无关。

谈论死亡，在中国人看来很不吉利，也是一件让人不舒服的事，可我总是忍不住要想到人那无法不去的终点。只是，在我看来，合着哀乐那千篇一律的、可恶的节拍去另一个世界，实在太乏味了。

哀乐之乐

乐可以拿来娱乐，这，绝非我的虚构。

2000年春天某个时间，德宏潞西市三台山乡，一个叫"处冬瓜"的山村，灼热太阳催开村里满树的紫色花朵，安静的小村子，偶尔有狗吠。鸡们也不像城里的同群，它们精瘦、灵动，在村舍之间乱窜，在茅草房顶和栅篱上飞扑。这景象，陶渊明在1600多年前见过："狗吠深巷里，鸡鸣桑树巅。"

小孩子的喧闹听起来有点疏离，他们玩着用木板和两个木轱辘拼起来的自制滑车，兴奋地从坡顶滑到坡底。质朴的孩子，扑跌在半坡，小手出血，却咧嘴大笑。更小的几个孩子玩着用篾片做的竹箭，用手掌搓动箭柄，竹箭就飞上天空。这些世代在浓密茂林里生长的德昂族后代，没有见过城市，不知道外面的世界，在自己的土地上，他们满足而快活。

影像记录，是我的工作。我和同事用摄像机记录处冬瓜村那些我们感到好奇的生活场景，这记录当然也只能是浮皮潦草的观望，一种显而易见的外部风景，就好象我看到了孩子们简陌的玩具，却看不透他们戏耍表情背后的渴望和梦想。

老人坐在屋棚阴影或是浓密的树荫下，嚼着芦子，一口一口往地上吐着鲜血一样的红汁，有人走过，便从慵懒中咧开一张唇色乌紫的嘴巴，露着一口黑牙，朝你笑呢。那笑仿佛一种史前的表情，在漫长睡眠中闪烁了一下，又消失在沉沉睡意之中。这些像影子一样的人，在时间之外，在你从未遭遇的某种事物之中。有时你会觉得在某些遥远的文字中遇到过他们，陶渊明的笔下："故人俱鸡黍，邀我至田家。"

中午尚未到来，浓重的睡意已经开始。在乡政府的一间小屋里，当地人忙着杀鸡做饭要招待客人。我和同事用新鲜的竹筒在火堆里煮茶喝。闷热的天气，浓酽而清香的茶汁让我既振奋又惊讶，竹筒茶的味道仿佛那块叫做玛德莱娜的点心，在100多年前带给马塞尔·普鲁斯特的感受——我的想象和记忆远当然无法相比。而真正让我感受到棒击一样震惊的，却是喇叭里突然响起的哀乐。

"谁死了？"

我和同事紧张对望。没错，那是哀乐，是无数次催落我们眼泪的声音，是伴着哀哭声的生离死别。树荫浓密的处冬瓜村，哀乐回荡，那么响！将哀乐用扩音器放大，在我的印象中，表达着逝者的重要性，而这重要性，足以让我从某种舒服慵懒的时间之外跳回自己的文化规则中。

村支书抱着水烟筒，抽得眼睛迷离，对我的大惊小怪很不理解。他慢悠悠地说："一个也不有死哎，他们在听音乐呢噢。"我依然瞪大眼睛，头脑中的卫兵阻止我把那不断强化悲哀之情的音乐拿来愉悦或是赏心。为安慰我的惶惑，支书说他去广播站看看，几分钟后，他提了瓶白酒回来，说："他们只是在听音乐。欣赏嘛。"然后，我们一起吃鸡，喝酒。那哀乐一遍一遍，响了又响。中午喝酒易晕，几个人很快就有了醉意，很多双筷子在一口锅里伸出伸进，吃得真是舒服啊。

哀乐又响起来，我突然就想笑，我在那一刻清晰看到一种强大的文化惯性——一种声音，一些词语形成的强大阻力，这阻力设定着界限，修筑着牢围，而处冬瓜村，这个名字怪异的德昂族山村，通过如此喜剧性的方式，颠覆了我的文化积习，呈现给我另一种民族文化那异乎寻常的魅力。在这里，既定的不可能性被轻易突破，我们思想的限度被暴露，继而被突越，自由来得如此简单！

被夸耀的旅游

　　画家黄永玉说：花钱、劳累、受气、不安全、受骗上当、最坏的食物、浪费了时间……一系列的苦难历程到末了还喜形于色，向人夸耀，这种行为名叫"旅游"。

　　但是，旅游总是让我们触摸到新异的东西，收获了新的体验："这些人是如此生活的呀！"，"此地是这样的……"等等。最终，我们被别人启发了，被美景熏陶了，或者，在异地他乡得到了某种心理上的解放。这样划分和廓清意义，想来十分乏味，应该是"学家"们的事，只是看了种种绘声绘色的旅游美文和传说，常常不由自主想到黄永玉先生的那一番话，忍不住要"疑心生暗鬼"。

　　有很多探险文章，其中充满离奇而惊心动魄的传说，文字之中，那一路行程简直就是一场生死历练，让人不惊心不震撼都不行。某作家记录遇险经历，其中有一段是这样的：突然有一米见方的巨石从天而降，然后鬼使神差地落在车前，仅仅只有几公分的距离！作家相信，落石没有砸到汽车都是因为自己心怀虔诚啊。可是后来我听同行者说，当时不过是山上滚下一块巴掌大的飞石罢了，哪里有什么"几公分"的距离，还"堵住了"路？听了这样的注脚，开始时我宽容地理解，这毕竟是为了读者有看头嘛，没有那么多的惊险，这书还会好看吗？还会好卖吗？可是，问题来了，以后看到这样的险情我就会怀疑，飞石到底有多大？那些惊心动魄的过程到底被放大了多少倍？……我不停地疑问，最后除了风物志一类干巴巴但还真实可信的资料以外，我的阅读兴趣没有了。

想起了徐霞客，这个弃置官禄行游山水的地理学家，一次次离家出行，"结庐天地，且夕古今"，被后人视为游侠。但打开他的游记，很少看见事件和空间景物以外的东西，也很少看到夸耀的成分。直到今天，我们仍然可以把《滇游日记》做为在云南部分地区旅游的导游册子。我曾经花了些时间去走徐霞客经过的某一段古道，照应着他书中不过数百字的记录空间，我走了两三天。直到今天，云南的很多地方都还留存着徐霞客曾经探访过的村落、古驿道以及河流、桥梁、树木，它们的存在也从另一个侧面证实着徐霞客那些亲历的信实。徐霞客在今天可能会被列入"憨"的那类人，他花了几乎一生的经历，只写了一部游记，他省去了多少可以演绎和夸耀的东西啊。

鼻子的形而下

很小的时候，我们玩一种游戏，互相盯着眼睛，然后突然说五官当中的某一个：耳朵！鼻子！……你必须在对方话语落下时，手指指在正确的部位。要是摸错了，你就要被对方刮鼻子，并且要接受对方的权威话语："摸摸鼻子为大哥！"对鼻子的征服，被赋予某种象征，鼻子因而具有了"形而上"的意义。在小朋友的游戏圈子里，"大哥"这个胜利者的权威身份经常变来变去，所以，我很小就知道一个江湖规则：谁有本事，谁就是"大哥"。

除了权威性，鼻子也事关重大。小时候听说：男看一管鼻，女看一颗头。说男人看相如何，只看那一管鼻子便知，而女人，一颗头上，脸、鼻、眉、眼、嘴，甚至发型要处处都好，否则，便没了看相。当个美女比美男要求更严苛，成人世界的这个不平等，我也是从小就知道了的，男女有别，却只要那当女子的处处小心，处处靠近完美。

大人的事既不懂且可恶。识得几个字，看得懂大字报时，也学会写内奸、工贼。大字报上，某国家领导人被打倒了，见画师拿毛笔蘸了红色去涂漫画上的鼻子，便问，为何要把鼻子画红？答说，那是酒糟鼻。之后有人带我暗中去观摩了单位某领导老婆的一只大红鼻子，从此有某种印象：长酒糟鼻，多半不好，多半是坏人长相。

鼻子也可以区别种族、民族、家族。比如，有希腊式的鼻子，状若大卫、维纳斯，其特征是挺直、陡峭，在古代罗马和希腊雕塑中最常见。也有犹太人的，在鼻梁中端形成某种弧度。还有就是被丑化的、美国式的大鼻子。有一段时间，我们把美国人叫大鼻子美国佬。邻居朱老土，因长了一只漫画中美国式的大鼻子，被人叫做"土老美"，就是假洋鬼子的那个意思。

鼻子作为家族的特征，其识别意义也很明显。我母亲，她一直把鼻子视为家族记号。母亲说我长的是"钱鼻子"，继承了父亲有点喜剧意味的鼻子轮廓，很多年间一直被她逗趣调笑。好在我受父亲影响太深，对长相美不美的不太在乎，也懒得去过多关注我那只不好看的鼻子。母亲笑我的鼻子，当然是很以自己的鼻子为傲，她那个家族鼻子高挺，据说当年很多老昆明人一看鼻子，就可猜出是母亲家族的人。我记得上小学的某天，我跟大哥走在昆明街上，突然被一老人拦住，他盯着哥哥的鼻子说：你一定是姚家的后代。好吓人！好在母亲这个家族向来以笃厚孝顺闻名，不可能有仇家，否则，这个鼻子将让家族的人无处藏匿。

一个气味识别的动物器官，这是鼻子形而下的意义。鼻子，在人和动物对世界的认识、感知和判断中作用甚为重要，比如，我们都会因气味喜欢或者讨厌某人，原因是鼻子控制了我们最原始的感觉判断——就像婴儿闭着眼睛也能辨别出抱着自己的人是不是母亲。鼻子的能力有时很邪乎，甚至有点吓人。我在一本书中看到，古希腊数学家、哲学家德谟克利特在一天傍晚遇见著名医学家希波克拉底，身边伴着一位年轻美丽的女子。德谟克利特绅士地躬身对这女子说：小姐，您好！次日早上，德谟克利特再次遇见这女子，他的鼻子嗅见了什么，他意味深长地躬身：夫人，您好！德谟克利特竟然闻出一个失贞者与一个处女的区别，这是什么样的鼻子！

其实，从功能上讲，人的鼻子比不上很多动物的鼻子，比如狗。用狗的嗅觉来帮助警察寻找疑凶，早就不稀奇。我看过一只狗的故事，它与主人在长途旅行中失散。可怜的狗凭着气味记忆，用了半年多的时间，奔跑2800多公里，终于找回了主人家。

动物中，大象的鼻子形状巨大有力，最为夸张，但很多人不知道，大象最怕的，竟然是老鼠！原因在于它觅食时，很可能被老鼠将它的鼻孔当做逃生通道。还有一种动物的鼻子在关键时刻也可以是救命的，那是骆驼。据说骆驼有一个令人惊讶的鼻子。骆驼鼻子内有很多非常细的弯曲管道，平时被分泌的液体（我猜是鼻涕）湿润着，一旦体内缺水，管道内就会停止分泌液体，并在管道表面结出一层硬皮，阻隔肺部呼出的水分。而且，骆驼一般不轻易张嘴，这也使得它关闭了一个丧失水分的重要通道。不似其他动物般喧闹，是骆驼在恶劣环境中安然自存的绝招。

乳房的暴露与遮蔽

前几年，昆明市中心某烂尾楼曾经挂出过一个巨大的户外广告，画面很简单：女人被衣服包裹又有所暴露的胸部。于是，生出很多事来。

先有司机减速观望，引起拥堵，后有人指斥广告伤风败俗。其实，比起夏季昆明街头的真乳暴露，广告露出的那一点只能用严肃、保守来形容。我对女性乳房暴露既不主张，也不会激烈反对，只要不给人带来什么麻烦，露，或不露，那是乳房主人的事，别人也用不着大生其气，拿道德来发火。至于那墙体广告，如果真的让男司机走神让汽车失控，甚或有人一到那儿就忍不住减速磨蹭影响了交通，我想，还是应该考虑把广告上过于强调的胸部遮一遮——出于交通安全目的。

女性解放，最早是从乳房的解放开始的。到了20世纪70年代，在女权主义的倡导下，西方的女人们纷纷解开乳房的压抑，解开胸衣，解放乳房。不穿胸衣，一度意味着自由、自主、自信。女性乳房从胸衣和道德束缚中挣脱出来，经历了漫长的世纪。但乳房真的被解放了吗？在我周围，女性和她们胸部的解放是显而易见的，当女人高挺着胸脯和男人一样自信地在这个世界行走，让人以为，男女平等正在更大程度上实现。而在乳房这个问题上，我以为，当下，女性的乳房又进入了新的遮蔽时期。

理由一，从胸衣中解放出来的乳房又重新回到压迫的胸衣之中。假胸盛行，钢丝、兜托、蕾丝花边、新材质衬垫……，胸衣将重塑乳房。不太丰满的乳房被人为拔高，挺峭；乳房被裹在一个充满硬度的壳子里。坚硬的碉堡，水泥包子……，你能够从那些坚挺假乳联想到的，绝对超不出这些可怕的形象。在用高度突出其存在的同时，乳房正在以遮蔽的方式退回到另一种压抑之中。厚重的胸罩，正在构筑着乳房的新牢狱。

理由二，男性社会的时尚欲求决定着乳房的暴露程度，也正在遮蔽着女性的自我。露乳，如今在各种娱乐明星中司空见惯，她们正引领着众多普通女性，为取悦时尚眼光而放胆暴露。取悦，讨好，表面的暴露实际上演化成一种不自信的退隐。

理由三，乳房的异化前所未有。乳房本来犹如人的长相，千差万别，各有其美，无奈这个号称个性主打的时代，很多女人却心甘情愿，主动归顺于大胸为美的潮流。隆胸风行，硅胶一类的填充物正在通过注射、外科手术进入女性乳房。面对众多高耸的乳房，你不知道它们是硅胶还是真的乳房？你不知道为了这该死的时尚，多少女性的乳房正在被毁损？流行，打着科学的旗号，让很多女人的乳房在实验品之后成为牺牲品。

理由四，还需要更多理由吗？

我主张，让乳房回到它原来的状态，让乳房只是乳房——从所谓的文化、流行时尚、审美、甚至科学等空洞意义上回到女人的身体中来，让乳房在自然状态下跟女人成为一体。

这个呼吁，为女性而发。

吃的暧昧与恶心

身为小民，总是不由自主地要想"吃"字。吃，跟感官紧密相连，一头写着欲望、满足与迷醉，一头写着惊讶、排斥与恶心。人的吃，也千奇百怪，甚至匪夷所思。最暧昧的，莫过于吃动物生殖器这种癖好。

菜市牛肉案板上拖着一根无皮无毛的长家伙，以前没见过，一直不知道是牛的哪个部位？去问，老板娘嬉笑着说：牛鞭嘛。你认不得？！我更惊讶：这样卖牛的生殖器！？

某次吃饭，无人提醒，拈了碗里的东西送进嘴巴，黏糊，味道很怪，问是什么，人告诉我是牛筋，还是觉得怪味。勉强吞了，不敢再伸筷子，后来得知，那就是牛鞭。不由想起案板上的长家伙，胃里突然就翻滚起来，但我只能强迫自己按下恶心，免得伤了一干食客的面子。

如此之吃，不但暧昧，还引发恶心。

中国人在吃的方面，有着很多不能推敲的恶习与愚昧。比如人总说吃什么补什么：头脑不好使，就吃动物脑子，肾不好就吃动物腰子，男人们觉得自己性能力不够，便盯上了雄性动物生殖器，猪、马、牛、羊几乎无所不及，各种动物的阳具，成为男人延续性能力最直接的象征物，也成为坊间男人们心照不宣的激情补品。吃生殖器，听来吓煞人，于是延伸出暗语来。曾经听见男人们说吃"机枪"的事，后来知道所谓"机枪"，就是生殖器，纵使有些生殖器小如草芽——比如蛇鞭——那细小样子简直离机枪十万八千里，男人们还是要拿来泡酒喝掉。我曾经被请吃蛇胆酒——据说可治顽咳，桌上，男人们似乎得到更高的待遇——珍贵的蛇鞭酒。因为蛇鞭实在细小，那一瓶蛇鞭酒汇聚了上百条蛇们比绿豆芽还短小的生殖器！大家拿着酒瓶好奇地传看，真不可思议！

除了动物生殖器，人也吃一些难以想象的动物部位。且不提传说中粤人活吃猴脑的惨烈与野蛮，就是西方历史上那些上流社会的风雅宴饮，同样也充斥着你想象不到的吃食。

1829年，在巴黎一次名流云集的宴会上，法国奇才，明星厨师安托南·卡莱姆为巴黎上流社会的名媛、绅士制作了令人难以言喻的精美食品。安托南·卡莱姆是法国历史上以厨师身份获得尊显的奇才，能够吃到他做的食品，一时也成为上流社会的殊荣。看看这位安托南·卡莱姆的食客，就足以让人艳羡与敬畏——他曾经为法国拿破仑皇帝和皇后制作婚礼蛋糕；为俄国沙皇烹饪过极为盛大的宴会；为英国摄政王制作过精美无比的馅饼。1829年7月6日，女作家摩根夫人怀着激动与荣幸，详细记录了当天的部分食物及其制作："小如鱼卵的鸡睾丸"

被用来制作馅饼的馅料，最嫩的小牛乳房加奶油，用文火熬成软块，放在漏勺上反复击打挤压，制作成小牛乳房酱……

睾丸、乳房、阳具、卵子……它们不是来自生物词典中关于生殖的内容，而是来自食物的掌故和餐桌。

有时，我搞不清是词语，还是人那些暧昧的饮食欲望，总让我感到恶心。

吃的词义引申

　　吃，是人生的头等大事。这个观点没人教我就知道了。母亲坚信，我半岁就开始说话，说当我6个月大的时候，面对各种利诱，就是不说父母期待的那两个词。我说的是：奶…奶。我叫的当然不是我奶奶，因为我根本不可能见到她老人家，她在我父亲少年时期就追随她的祖先去了。看着母亲手中摇晃的奶瓶，我嘴里蹦出了人生第一个有意义的单词：奶…奶。

　　在我成长过程中，吃的重要性也反复被父母强调着。比如，为了管束我跑野的双腿，母亲从门前树上摘下细柳条，响亮地说："今天请你吃条子面！"随着母亲手臂的上下抽动，我小腿上很快就起了红色的小条子。条子面很不好吃，那又热又辣的滋味让我规矩了几天，并想象了一百多种砍掉柳树的方法。之后，我就快活地忘记了母亲严厉的训导，在河里捉鱼，玩得浑身透湿，直到某个密探把母亲带到河边。河埂高处，母亲嘹亮的大嗓门吓得我魂飞魄散："你咯是又想吃条子面啦？"不过，这次母亲没有给我吃条子面，而是给我更粗、更有劲道的"掸掸面"——她已经把鸡毛掸子拿在手中。掸掸面确实比条子面厉害得多，好在看着我豆芽一样软弱的小身子和粉丝一样细的腿，母亲选择了一个最能承受掸掸面的地方——屁股。吃掸掸面的时候，我充满感恩：女娲真是个善良的神啊，她在造人的时候已经为我想好了挨惩罚的地方，真是天佑善人啊。

相比之下，父亲给我的东西要好吃一点："粑粑头"，就是那种巴掌高高举起，忍一手力气又落下来的恫吓。"粑粑头"是我们家男人的专利，后来也被我的哥哥们拿去用了。但父亲很看重他的专利，我的哥哥也就没有多少机会使用。

我生来贪吃，结果是一直都长得像某种食品。母亲说我的鼻子像蒜头，父亲又说我的脸像花红，而哥哥们，说我的牙齿像发育不良的玉米。上初中时，我象发面一样膨胀起来，于是同学改叫我小馒头，这名字太形象直白，缺少情调，所以，到了高中，我那些亲爱的同学给了我一个美好的称呼：圆圆，意思还是跟食品有关——汤圆。

18岁成人，我的理想是要让自己离油盐酱醋远些，增加点高级趣味。可我发现做不到了，我变得比任何时候都热爱吃。即使在饱足的时候，我的想象依然离不开食物的形状、触感、滋味……它们诱惑着我，像火光吸引着可怜的飞蛾。上大学时，我拼命啃那些看不懂的哲学书，想让自己挟裹点远离油烟味的高深东西，以得到超凡脱俗的爱情。可是，在众多的追求者中，让我动了好几天心的，竟是那个手捧酸木瓜等在教室外的男生，那木瓜的香味实在是太诱人了！

1989年，我带着20来个学生到一所乡村小学实习。住在一个破旧的庙里，每周21顿饭，我只有两顿可以吃到肉。晚上睡觉，听见蛐蛐从床底下吟唱着爬过，我的梦里就会出现油漉漉、香喷喷的炸蛐蛐，口水就流湿了枕头。这时，有个男人出现——不是梦，他把我带到县城的一个小馆子，六菜一汤，菜菜有肉，我风卷残云吃光了所有的东西，然后抬眼看他，见他半豁着嘴，口角挂着一汪涎水，一副比我还满足幸福的样子：这个男人会让我此生吃好的，我于是嫁给了他。

　　人生大约要过去一半了，我终于悲观地彻悟到，我的一生只有一个"吃"字。从前不说，就现在，我每天都要看着上司的脸色，小心翼翼、勤勤勉勉，怕的是吃炒鱿鱼；被领导喷，就说吃了卷粉；同事被欺负，一副郁闷的表情，我替他说：咯是吃了苍蝇？打错牌被发现，同志们说我吃包子；我的一个熟人愚蠢地结婚、离婚、再愚蠢地结婚时，朋友都说他：吃了屎。也是怪，这能吃、不能吃，好吃、难吃，美味、恶心，它们怎么就那么胶着？把这些感觉联系在一起的东西，就叫做生活，没有了吃，人生就变成了一堆空洞而没有意义的碎屑了。这，往大处立意，就叫哲学嘛。

　　思想深刻的古人早就说，民以食为天。我是小民，当然知道吃有多么重要的意义，所以每当我冥想人生，那无数美丽诱人的食物就会向我展现动人的光辉，让我热泪盈眶，它们是我的幸福所在。

　　吃，它就是，我的天哪。

感　冒

　　感冒了，我甚至一点也想不起是哪阵风让自己受了寒。

　　感冒这种小病，人一生不知要经历多少回，简直无法数清，怎么说，它都是人生无数鸡毛小破事之一种，连说的价值都没有。

　　可是感冒症状并不因为我的小看而消失，它甚至像一只仗势的恶狗，一点点欺上脸来。先感觉鼻腔不舒服，不多时，作为重要呼吸通道中的一个鼻孔变得堵塞，我需要不时地模仿某只跑累的狗——张着嘴巴喘气。之后，鼻子仿佛一只没有关紧的水龙头，不停地往外沥啦冒水，眼睛也跟着凑热闹，变得盈盈充水，满脸伤尽是心状。

　　无聊间突然对鼻腔格外关注起来，且好奇心不可抑制。如果可以，最好能自己幻化成一颗小水雾，沿着这个通道走一遭。可惜，没有专业的知识训练，也缺乏一本直观的图书为我阐释鼻子的奥秘，我只好依然困在自己的好奇心中。我想不通，鼻子，这个本人从来看不见内里的器官，如何可以因感冒而变得像个泉眼，不停地涌出水来？这些水是以什么样的方式汇聚到鼻腔？然后又蠢蠢欲动地寻找机会滴溜出来，变成那种叫做鼻涕的东西？人体器官的运行，一定有着比我们的智力和技术更加精准和严密的系统，所以，我此时的遭遇，无非是身体发出的一种警告：疏忽之代价。这个警告的深层意思是：不要以为那种叫做知识或者是意志力的东西有什么了不起，没有什么可以无视身体的力量。

严重的感冒症状，让我在黑夜里醒着。

我拿着一个纸卷，等待着来去无定的鼻涕眼泪。这空档，我也想给自己一点美好体验。随手拿了床头的《诗经》，深呼吸，然后进入那些往常让我迷恋的句子"汉之广矣，不可泳思；江之永矣，不可方思……"、"江有汜，之子归。不我以，不我以，其后也悔……"、"汎彼柏舟，亦汎其流，耿耿不寐，如有隐忧……"。多么美好的情思，可是，那些江啊、水啊、泳啊、汜啊一类的水词，仿佛激发着我不知何自的涕泪，让我更加难以入眠。

"耿耿不寐，如有隐忧"，我开始忧而虑之，"寤寐思之"。躺在床上，让身体蜷缩在被子柔软的遮蔽之中，这才感觉到自己没有遮蔽的身体——一个充满温度和血肉，会冷、会饿、会疼痛的肉身，此时，它正在拼力跟某种侵入自身的病毒战斗。绝大多数时候，我们的身体一再被某种叫做精神和意志的东西所遮蔽所嗤笑所遗弃，被各种光荣和勇气所压制，现在，它终于让所有的东西溃逃。我的身体告诉我，当此之时，什么都是没有价值的：财富、权力、荣誉、身份……，一切都是虚无，只有疼痛来得如此真实。

感冒将我逼回自己的身体，我渐渐被身体控制。我难受呀，难受，我什么也不想想啊，我什么也不想要啊，此时，即使有人要把整个世界都给我——假设他完全有这个能力，我也，不要！"女也无所思，女也无所怨"，我唯一的希望，就是希望自己是块无知无觉的石头，可纵使是块石头，我也要当那躺着的石头，而绝不当站着的石头。这个时候，谁要是来跟我谈人，我的结论只会是：人就是身体的囚徒；人从身体开始，到身体结束。我相信，如果我的身体不是足够强壮，就是感冒这种人生的鸡毛小破事，也是可以让它彻底解体消失的，身体是必须服从常识的。

终于感到不可抑制的睡意了，对于非常不舒服的身体，这真是一种幸福的体验！睡意沉沉的某个瞬间，我在心里狠狠地提醒自己：赶紧回到那个被常识规定着的人身上来，就是向梦里堕落，也踏实啊。

看一个球

　　一群人围着一个足球在一块场地上跑来跑去，争夺不停，然后把球往两个门框里踢，其间，不停发生着人与人的身体冲撞，情绪对抗，意志比拼，技术较量，组织运行等让观者浮想联翩的行动意义，以及期待、兴奋、激动、悲伤、失望、疯狂等情感反应。仔细想想，本来相安无事、各在一方的一群人，因着某种理由，比如种族、国家、地区，甚至利益集团、俱乐部等等被列在了相互对立的两个团体中，于是他们注定必须竭尽气力，在一种不知为何如此的组织规则中去争夺某种叫做"赢"或者是"胜利"的劳什子。好奇怪的足球！

　　这么说可能会让一些真球迷气得吹胡子瞪眼睛，但我的本意绝非惹人生气，只不过又犯了一根筋的傻气，在看某场球时发了些梦游，想绕到让人兴奋的足球比赛背后去看看。

　　我的思维逻辑是这样的：人们兴奋是因比赛而起，比赛因争输赢而起，输赢因规则而定，规则——一块不能更改大小的场地（天知道它为什么要这个尺寸？）；两队人（争夺的必要组织）；在规定时间里对抗（人的身体、意志、速度等各种潜藏在日常生活背后的能力焕发）；胜负（裁决强弱的指标）……，这么一想，我就不知道是自己荒谬，推理怪异，还是这世界本来就是这么经不住推敲？经不住那一根筋的冥想？——你也可以把这叫做钻牛角尖，或者那种叫做"解构"的时髦玩意儿。

我后来得出的结论是：足球，看便看罢，千万别找什么意义。就好象人类骨子里从来就没有被进化淘汰掉的游戏天性，不要去想意义，意义就是快活，就是身心皆享受。如果拿那种我们叫做"知识"或者是"科学"的方式来思考，绝对会让人无比沮丧，你会发现，人生原来都是因着各种没有意义的事——不科学、不智慧、不理性、不庄严的事而无比迷人。

从前托尔斯泰曾经质疑巴黎的埃菲尔铁塔，说那铁塔本来是没有什么用途的，有人突发奇想，于是没有必要的公司组建起来了，资金被集中了，预算造就了，数百万的劳动日、几千吨的钢铁造了一个塔，几百万的人认为爬上去是自己的责任——他们爬上去，在上面站一会儿，然后下来。看这样的叙述，恐怕上帝都要为人类轻笑一声的吧。

我们痴迷于足球，其实同认为爬上艾菲尔铁塔是自己的职责一样可笑，我们把一个足球和两队人放置到一个叫做球场的地方，然后看他们把球打过来打过去，我们把那个被推到规则裁决位置上的人叫裁判员，我们期待这个一无所知的人表达公正，然后，在一场力量角逐中等待胜负结果。想想作为看客的我等，有什么道理？为了一场跟自己一点关系都没有的争斗而兴奋激动。最终，我好象可以看见，虽然我们在生活里装得人五人六的，其实内心都充满了堕落的欲望。世界杯让我再次发现，世人皆有某种降智发狂的本性，这真让我开心。

放松，走神，可以公然号称不懂而依然如痴如醉地看，可以找借口发泄点什么你自己都不清楚的情绪而又不失体面，冠冕堂皇地耍懒偷猾，有大吃零食放胆喝迷糊的理由，……多了去了。看足球，尤其是看世界杯，为什么不？所以，很多年过去了，我依然不懂越位什么的，我也不懂什么技术战略之类的，只要有这热闹而又可以体面"出轨"的事，我当然要放纵自己一把。

世界杯来了，紧盯着电视，大家都只为了看一个球。

地图与疆界

人生行迹奔忙，从此地到彼地，从此岸到彼岸，从此事到彼事，从此人到彼人，从一种生存状态进入另一种生存状态……我们像蜘蛛一样在人世的网际间穿行。行走使空间变得具体而立体，也让视野变得广阔丰富，所以人说：行者无疆。

用线条和文字标注，极度的简化和概括，地图无疑是最干净利落的一种表达方式。地图，在我看来也是一种最有意味的表达，其中引退和藏匿了很多意义。

八十年代初期我看过一篇文章，说生日那天，小男孩本来希望得到一辆汽车，但富有的父亲只给了他一张价值5美分的地图。这是一个让男孩极其失望的礼物——太廉价了。可是，就这张地图从此改变了一个顽劣男童的命运，地图上的地名和地理吸引了他，让他立下雄心壮志，要沿着地图的指引周游世界。最终，男孩成长为一个游历丰富的博学之士，他事业成功，受人尊敬，他终于自己买了汽车——当年最想要的生日礼物，并感念父亲当年的小气。地图指引了某个人的人生，它的力量有多大？

　　关于地图与小男孩的文章，当然是美国文人为了理想主义教育而编的通俗故事。相同的是，我的爱国主义教育也是在地图的指引下开始的。小学开始学习看地图，我知道有红五星的那个地方叫北京，是中国的首都，还有许多插上了小红旗的区域，那是歌中唱的"亚非拉"，我们的朋友遍天下。要熟悉地图，为的是要胸怀全世界。后来粗陋而潦草地记了些地理词汇，只是为了应付高考，直到走出大学校门，那些用曲线标注的疆域，用颜色标注的海拔高度和地理类型，对于我，依然没有什么具体的意义。

　　地图功用的显现，是因为要采访出行。目的地在哪个方位？有多远？如何走？要翻过哪些山峰？要跨过多少河流？要穿过多少不同等级的公路？要进入多少个不同级别的行政区？……非常单调，没有任何诗意，也没有任何隐喻，地图，决定着行程中无数的细节安排，这时我方知，地图的隐喻与它的功用之间，隔着怎样巨大的距离。

　　今天，除了交通图、城市景区图、酒店地图、酒吧地图、厕所地图等等各种细分化的地图，还有"美女地图"一类让人想入非非的非地理"地图"。我感兴趣的一本书叫《时间地图》，与地图无关，内容是世界各地生活速度的分析调查，在这里，地图只是某种象征，时间在这本书里变成了线条，标注出地域文化的迥异特征。而当我试图用地图的方式来标注生活行迹，突然发现，这种抽象的方法有点残酷。我们一定会被莫

195

名的力量规划在特定的区域，在点和点之间来回重复。一生竟会如此简单！不管你生命中有过什么样的突围动作，最终，你还是宿命似的在某个区域——某种界限之间奔突。所谓的自由，所谓的"无疆"，只是有限生命的一种幻想，只是一种臆想出来的理想状态。

可是，对于每一个具体的人，人生的感性细节终究不是地图那样简单的方式可以标注和表达尽意的。

总算没有那么无趣！

史莱克的抗争

2004年4月，史莱克被新西兰的女牧人安娜发现，被迫结束了长达 6 年的隐居生活，这头逃离平凡命运的大绵羊被电视曝光在全世界的视线之中。

在电视里看到惊世骇俗的史莱克，我突然就生出崇拜之心。史莱克头顶厚重的卷毛，当电视摄像机对准它的时候，它那藏在毛发后的眼神平静淡定，甚至有些傲然面世的英雄风范。我原以为它会挣扎、会悲伤、会绝望地咩咩直叫，可是没有，它平静无比地看镜头，看镜头后面的摄影师。我猜，摄影师一定也被史莱克感动了，因为在他的镜头里，史莱克好像狮子王一样在高处眺望世界，大有中国古代智者的气度：平和、超然、傲岸的内心，漠然无为的外表。

1998年，史莱克逃离主人和同群。主人说史莱克是因为不喜欢被人剪羊毛而逃离的。身为绵羊，其天职不就是为人类贡献羊毛吗？而作为一头有着举世闻名的美利奴绵羊基因的羊，史莱克生下来就注定了要为牧羊人的生计和利益而活。但是，史莱克决意要反抗这命运，它以自己的方式行动：一开始是抵制剪毛，后来选择逃跑，9岁之时，史莱克成功逃离，为自己争取到了6年的自由生活。它选择山洞安家，在杳无人烟的原野吃草，逃离剪刀和技术娴熟的剪羊毛师傅，任毛发无限制地生长。史莱克过上了逍遥、遗世的隐居生活。

但命运悖逆，6年的时间，让史莱克变成了一头有着世界上最厚重羊毛的绵羊，这身超重的羊毛也限制了史莱克的动作。2004年，当牧羊人安娜在高地上发现史莱克时，史莱克甚至连躲藏都显得行动笨拙。史莱克必须回到自己注定的命运之中，这是聪明而强力的人类所做的决定。新西兰的女总理克拉克亲自"接见"了史莱克；电视台在克伦威尔的一个会场上向全世界直播为史莱克剪羊毛的全过程；为史莱克剪毛的是前世界剪羊毛冠军卡瑟利先生。史莱克身上的毛有足足27公斤重，被拍卖后捐给某慈善机构。据说，这些毛足够织六个成年男人的衣裤——这个世界的价值计量当然要有经济指标来衡定。

2004年4月28日，在全世界好奇的目光下，新西兰美利奴绵羊史莱克被迫从流浪汉变成绅士。剪完毛后，史莱克被人披上特制的荣誉彩旗，像一个刚刚剃过胡须的成熟男人，像一个授勋的老贵族。现在，史莱克雪白干净，它在镜头前被弄过来弄过去，史莱克的表情没有什么变化，它保持平静，它的抗争结束了。

据说，有电视台要将史莱克的故事拍成纪录片。

那个叫做演播室的空间

在那个叫做演播室的地方，几个象征意味的布景，就可以完成空间转换。一面画着窗户的板壁构造出一个房间；一套桌椅代表着一个客厅；一面山水画，变出一组自然风景的替代物。有时候，这种空间的转换，通过灯光来完成。被灯光强调的是主角，被灯光藏在暗处的，成为背景。明与暗，在观者脑袋里构建出一个个自己的想象场景。

通常，这是一个让外来者产生神秘感的空间。那些穹顶，布满灯具的上方，被幕布挤塞的某面墙壁，众多的道具，构成某种空间话语，形成好奇心的语义世界。

巨大的黑色帷幕，比现实更加浓缩的景深，刻意而为的环境意义被拼装在看似熟悉的空间格局之中。在这个用布景和灯光制造虚幻光影的地方，充满着各种含义奇怪的物品，比如，那种横竖搭构的钢架，既不可以当楼梯，又不是拿来挂物件，而是在某个见过卢浮宫、见过埃菲尔铁塔的导演授意之下，被某个自以为可以再造出另一个埃菲尔铁塔的美工完成的。当你仔细睇视这钢架的时候，你不知道它何以用来装饰舞台？何以富有"现代意味"？显然，日常生活场景被这些叫做"道具"的器物解构。有时是一些被无数倍放大了的实物细节，被无数倍放大了的花朵；有时是大片鲜艳而呆滞的盆花，或是从空中垂下的一块巨大标牌。抬眼看去，被无数倍放大的花朵变得咄咄逼人，我们经验中的微观细节，突然具有了某种视觉上的攻击力与侵略性，这力量迫使置身这个空间的人退隐，退到边缘，隐入黑暗，隐身成一个模糊的，叫做"观众"的概念。

寂静的演播厅给人以荒诞感，这感觉来自观望的距离。如果你有足够的兴趣盯着这个空间看，你会发现某种迥异于日常经验的诡黠和怪异：世界仿佛变成了可以随心改变的板块和空间，所有的空间关系都成为暂时性的，如同一个个瞬间生出又破灭的巨大泡泡。

演出开始时，时间将被重新组接，借助想象完成的生活场景将在这里一一呈现，梦想成为可以触摸的镜像。

演播室，它的功能就是形成各种虚构的场景，让一些具有表演性的活动在此展开，并表达某种人为的、刻意的观念。

有时，演播室被作为会议场地。灯光打亮，领导们坐在演播大厅的前台中央，被面对面展示在众多人的视线前。每次，当我的领导被非自然光照亮，在这个高大的表演空间里讲话，我总是不可救药地把关系搞混，总以为自己是观众，而领导正在为大家表演着某种剧情。这让我在暗中有某种观看的兴味。比如，领导发表宣言和号召的段落，我就会把它当成剧目的高潮篇，忍不住想鼓掌、尖叫、欢呼、并报以激昂的情感。当领导为某事发火的时候，我就会聚精会神感受某种冲突带来的紧张情绪；当领导的讲话进入漫长的宣讲过程，我就会想象，这是"朗读的行板"；而会议转换主题的间歇，可视为剧间的楔子，我可以四处望望、伸伸腰、换个坐姿。

会议，总是一个相对开放的情节。观众席上，有人打瞌睡、有人玩手机、有人看书、有人咬耳朵、有人议论着领导的某块名表，某件名牌西装，某双不得体的袜子，也有人挑剔地重复领导说别扭了的普通话，在暗中吃吃发笑。刻板的会议，变得生动和好玩起来。

而我，只喜欢当自己的角色：一个无比投入的观者。

有一次，我的领导在说话间隙突然停住，他用严厉的眼光望着坐在梯级座椅上的参会者和我。正在进行的小话戛然而止然而止，玩手机的停住了手指头，打瞌睡的被旁人用胳臂碰醒，看书的人快速将书藏到前排靠背后，我瞪大双眼等着即将发生的事情。领导神情严肃，他看着场子里的人，不说话。一秒、两秒、三秒、四秒……，然后领导稍稍侧头，端起水杯，摇着头吹了一下茶杯里的浮叶，他咕噜咕噜喝了几口水，接着宣讲。来自穹顶的灯光，把我的领导照得无比明亮。我猜，领导也许是跟我一样，突然忘记剧情，回到了现实的某一瞬间，回到自己那个会口渴的身体里来。

有人中途起身上厕所，回来的时候，顺便到外面透了口气，阳光照耀着台阶上的盆花，多么灿烂的颜色！某种真切的植物气味被风送进了鼻孔。

读书且为乐

古今读书，趣味迥异。

古人述说人生乐事，除了洞房花烛这般涉及人本性的俗事，还有追名逐利的高标——金榜题名。为让名头上金榜，读书人几乎少不了寒窗苦读。读书之苦，比如悬梁、刺股的体肤之痛，苦何堪？但终究还是有囊萤夜读一类的励志故事，教读书人吃苦中苦，做人上人，这是一面。

古人读书的另一面，是"红袖添香夜伴读"，美人佳丽，罗袖轻拂，让人想入非非。静夜读书因这与阅读无关的女子而变得有情、有趣、有意、有韵、读书不再是单纯的阅读，意更在那男女清雅缱绻之情。

还有一种乐趣，便是金圣叹所谓"雪夜闭门读禁书"。相比之下，性情狂放的金圣叹这番读书意趣更为纯粹，读书本该是一件孤独进行的事，雪夜无人来扰，且关门闭户自我屏蔽，心下却只向着那非凡的禁书而去。禁书，是那有违道德伦常的淫词乱语？抑或是违反朝纲，妖言惑众的叛逆之作？同样让人想入非非，前者挑逗，后者煽动，而在这雪夜闭门的小天地中，读书人既可自我放纵，又绝无性命之忧，也无声名不誉之虞，身在伦常，而心入违逆之境，何其自由！何其快意！

今人不同于古人，除了受教育的学子需拿出悬梁刺股的劲头来应对各种考试，大约很少人有红袖伴读的雅趣了，网络世界表达的自由无忌更是消弭了从前禁书带来的神秘感。

今天读书，何趣之有？娱乐当先，便有那与娱乐界名人、电影、电视一起走红的名人传记、影视读本；功利为首，便有那权谋、方略风行书界，男人女人、情感、经济，皆有"三十六计"、"七十二谋"，政治、管理、人生、世道，也都可以参照那《反经》、《挺经》以及形形色色的"厚黑学"……。现代印刷出版业的巨大力量，正在催生着品种和数量一样惊人的图书，书不再是所谓"文明阶梯"一类的高位文化载体，而正在演化为信息混乱的储字库，谋杀道德的江湖辣手……。我这么说，基于某种成见：好书如人，须有某种纯粹品性，功利不可致，谋略不可抵。当然，我说的不是书本身，而是书的内在气质和所表达的思想深度。这么说，并非我好高骛远，专寻着那貌似高深，一本正经的东西去。纯粹，亦包含着简单、朴素，如"思无邪"的《诗经》，甚或包罗万象却多年间素面不改的字典、词源一类可伴读终身的典籍。

此外，亦有小品、笔记一类或有趣或信实的文章，堪为床头枕边的必备之书，随性读来，信手放下，在清醒与睡梦的边缘浮游，点滴心得不至于搅乱睡眠，却可心安理得，释然入梦。

顺便说枕边书。何书伴眠最好？我一位历史系的学兄爱读
《中庸》，说睡前读一段《中庸》，便会觉得白日里诸般争斗
得失没什么道理，从长远处讲，人还是"要厚道"，于是万事
皆可放手，心安入睡。

一哲学女友说，最好的枕边书当然是哲学，乘着睡
意尚未，拿"存在"一类的哲学书来读，哲学追根，引出
难以理解的千古追问："存在"、"存有"、"此在"、
"being"……，这面貌相似的词到底为何？接着想到万物及
人，我们从何来？因何在？欲何往？深奥难明终致困倦混沌，
便倒头睡去。却另有一迷恋德国古典哲学的朋友，常读康德，
读出一身冷汗，觉得自己终究经不住追问，于是睡意全无，睁
着眼睛在黑暗中去想人和世界的意义。这友人说，哲学的意义
在于撼人于浑噩，从混沌中醒来，经常感到被启示的敞亮。这
真让我全心全意地佩服！

至于我，读书只为乐，床头多为笔记、小品、短笺、夜
话之类，尽是些市井小民油盐柴米的事，浮着些神仙鬼怪的踪
迹，透着特殊时期的世道人心，全然延续着自己白天那些庸凡
俗事，只此时旁观者的身份，生出些许优越感来。

今日不为明日忧，且读书，且乐。既毋需雪夜闭门，又要
什么红袖添香？

逛马街

朱霄华曾经约我逛马街，有两三年了吧，一直没有去成。

这几年，我很疏懒，也烦了那种叫做日新月异的生活。事情不逼到火烧眉毛，不到无聊得无以复加，基本上，我不会追求什么变化。那种叫做上进心的东西，比青春还消失得快！像冬眠的狗熊，静养，多么舒服而奢侈，我要把这奢侈受用得足够充分，绝不浪费，绝不辜负自己。

11月25日，周日，终于彻底无事、无聊，便央求朱霄华带我去赶马街。

天哪，那是一个我从未想象到的马街。

扑面而来的热闹、欢快、浓重的城乡混合氛围，让我感觉已经远离自己生活的"城市"十万八千里。真好啊，绝对真实的俗世尘埃挟裹着嘈杂，洒满街道、行人、小贩、旧书摊、小吃店……好一个闹热的场子。

我背着一个不小的双肩包，一副装模作样的旅行派头，跟在朱霄华屁股后东张西望。朱在这里熟门熟路，一路上都有各

205

种旧书摊贩跟他打招呼，他们还会把一些好货色给他留着，真服了他！跟朱霄华赶马街，绝对主题当然是逛书摊——虽然我很想看看有什么好吃的，还想刨些来自农村花花绿绿的小玩意儿——再说吧，再说吧。我尾随朱一家一家挨着看旧书，朱的眼镜背后，藏着一双发现好书、绝书的厉眼，我更耽于那些不同时间的书本所带来的时空和心情记忆。朱很冷静地看，走；我在背后哇啦哇啦讲着自己的发现：我家曾有的1954版《马克思传》啦，我小学时看过的"向阳院"故事读本啦，某本熟悉的苏联书籍啦，我小学二年级背诵过的某个版本的毛主席语录啦……。我哪里是在淘书，就是在说书嘛。好在朱霄华总体上是个安静的君子，对我滥用说话权不予在意，我就一直说，毫无意义地说，直到自己觉得说不动，直到嗓子像蒙了块旧布，变得不利索。

街上老人孩子都多，都快活。老头老太太、小媳妇小娃娃一起，围着一口口小油锅吃着油炸食品。干椒粉、麻辣蘸水，筷子往来，各自往自己嘴巴里喂：唉，太好吃了！男人们的锅边，还有老白干二锅头。喝嘛，喝着，我两个再来一口，多长时间没一起喝了？高兴啊，生活不仅仅是辛苦劳作，还有围着小油锅的这份放松与快乐，跟自己有关系的人们一起逛，一起吃，一起喝，一起花钱，一起满足。哎，喝着嘛，莫摆着杯子噻。来噻，来噻……

这个街天，一种鲜艳肥厚的小海星，成了马街孩子的宠物。小贩的水桶里沉着一窝核桃大的"海星"，她用长柄勺捞起来，又放下去，引得很多孩子的眼睛和一群小脑壳随了那可恶的勺子挤过来挤过去。这是一种塑料或许是橡胶制品，半透明，状如海星，各种艳丽的颜色，质地像香水擦头或是彩色果冻，有的还嵌着其他颜色的黄豆状小颗粒。小贩说，这是海星的小蛋蛋，养养就会下出来。小桶边硬纸板上写着六个字：会长大，会下蛋。我敢保证，没有比这更简单更诱惑的广告了。连我一开始都被字义带入好奇：什么样的化学东西可以成长，还会下蛋？

当日，整个马街都看得见这种一块钱一个的小海星。它们被"养"在装了水的塑料袋里，它们将在孩子们的期待中长大，下蛋。如此简单的玩物，如此巨大的期待和快活。城里那些被豪华玩具宠坏了孩子，他们一定不会感受到。

这个街天，在马街，一些女人将把她们心爱的长发变卖成可以买花布和酒肉的钱币。当我们被挨肩接踵的人群挤到某个街口，就看见一个年轻男人一手拿着剪子，一手提着三截不同的长头发——有两截还扎着陈旧的彩色头带。拿着剪子收买头发的，不止一人，在四五个凳子上，坐着不同的女人，正在用缓慢的动作和迟疑的心，跟自己心爱的辫子和发髻告别。一个穿百褶裙花绑腿的苗族女子，她的脸上有一种难言的惋惜和失落，她的头发正在被拿剪刀的人一圈一圈从头顶的发髻上解下来。拿剪刀的人用食指和拇指圈估了头发的粗围，又拿一把木尺量头发的长度，然后跟那苗族女子议价。在农村，女人的头发，常常就是她们最值钱的装饰，出卖自己的头发，很多人一定是有痛感的。身为女人，我知道这细微而隐晦的疼。当然，在我生活的环境里，头发并没有那么重要。我嬉笑着问自己的头发可以卖多少钱，那年轻男人只轻瞥一眼就笑着回答：大姐，你的头发卖不起价，烫过的头发不值钱啦。嚛，我那一蓬自以为是的头发！那个被剪了长发的苗族女子看着我吃吃笑起来：她终究有比我值钱的东西！她的一头长发，大约卖了100来块钱。

这个街天，赶马街的熟人不少。社科院的某先生，淘了两大包起码几十斤的书，黑色的垃圾袋装着，沉甸甸离去。还有很多读书人模样的人留恋在旧书摊一带。我遇到了电视台的兄弟金磊，跟朱霄华一样同为马街常客的内陆飞鱼，爱拍照片的詹本林，还有被称为普洱茶"民间品饮大师"的陈老师，一群人在某家清真馆吃了午饭。

没有人告诉我陈老师叫什么名字，据说他存了很多普洱茶，堪称绝品。虽然不知道人家名字，我也厚着脸皮一起到陈老师马街的家里去喝茶。

在陈老师家，又看见小海星。陈老师的爱人和他可爱的小儿子抱着水袋里的蓝色小海星回来。小男孩一会儿想把那蓝色的小东西吃到嘴里，一会儿又要抱着海星的水袋睡觉。最后，他饱含眼泪，带着睡意，满怀着关于蓝色小海星的朦胧美梦睡着了。没有睡也没有梦的我们，只是喝着一泡很有年份的熟茶。喝普洱茶，我没有什么心得，只会跟着找寻味道。朱霄华是"普洱主义"、"普洱江湖"的概念创始人，自然是他说什么味道，我就赶紧在自己的嘴巴里寻找，当他开始讲舌尖上的地理时，我就装作很有心得的样子。陈老师拿来招待我们的，真是好茶，十多泡以后，回味犹在。出门走在街上，内陆飞鱼还在说：那茶真好。他说仿佛吃了橄榄，口中还在回甜呢。我赶紧用愚钝的舌头在口腔里游走了几下，我的记忆里涌出来一阵橄榄的回甜，我的嘴巴里，依然只有口水的味道。我记得走出陈老师家之前，朱霄华很放松地打了几个嗝，他说这是茶气，喝好茶才出得来。我试着憋了一下，很失望地发现胸中果然是茶气全无，只好自我安慰：朱霄华这番话，跟他骨子里某种反讽同出一辙，一如他视怒江为"上帝的一泡尿"，可以不当真的。

我终究还是俗，把喝茶只当喝茶，还不会品饮，也还未知其口感之外的韵味。学无止境，喝茶，也是要不停学习的。是为心得。

离开马街之前，朱霄华提议大家把淘来的书拿到草地上去比试一下，于是又到了一块空地上，找个草厚而干净的地儿，把书打开来，詹本林拿出照相机一通拍照，其他的人做欣赏状。共有10多本书，我记得的是自己手中那本1974年商务印书馆出的《东鞑纪行》（日本人间宫林藏于1808年在中、俄、日一带勘界的记录，据说当年曾经风行日本，有多种版本的手抄本。一本记录性质的小书何以在日本被传抄？我隐约看到日本民族骨子里的扩张意识——一种全民皆有的国家意识。更多内容，留待研究。）、四本云南人民出版社出版的"白银时代"

丛书、朱霄华买的《马克思传》、清代叶燮的《原诗·一壶诗话·说诗·语》，还有……，其他，我已经记不得了。

　　《原诗·一壶诗话·说诗·语》是人民文学出版社1979年的版本，朱霄华说，他还有一个稍微新的版本，就把这个版本的给我了。他说，诗话，是一种好读的文本，读读好呢。

　　坐182路车回城，昆明真堵啊，我竟然想在车上坐着睡一觉。

缅甸散记

（一）在大金塔的下面

在一个夜晚接近仰光大金塔。

在缅甸的传说中，先人曾将蜜糕赠予修行的释迦牟尼，释迦牟尼成佛后，便以自己的八根头发回赠。当佛发被迎回缅甸时，空中忽降金砖，众人拾起金砖砌塔以供奉圣发，大金塔因此成为缅甸最重要的佛教圣地之一。

仰光大金塔位于缅甸首都仰光市北茵雅湖畔的圣丁固达拉山上，是仰光城的最高点，被认为是世界上最华丽的建筑之一。全塔上下通体贴金，加上4座中塔、64座小塔，共用黄金7吨多。在塔顶的金伞上，还挂有1065个金铃、420个银铃，大金塔上端以纯金箔贴面，顶端镶有5448颗钻石和2000颗宝石。世俗世界的财宝，让大金塔更具诱惑力。

老远就看见被射灯照耀得金光灿灿的大金塔。夜色深暗的背景中，巨大的塔身通体金黄发亮。车在浓重的树荫下行进，大金塔凝然不动，用静谧的华彩吸引着我的眼睛和惊讶的内心。那些黄色、紫色、绿色的灯光让这个线条光滑流畅的巨大建筑更显精美庄严。

按缅甸的规矩，进入寺庙必须脱去鞋袜。当双脚接触到大金塔下的地面，某种陌生的身体反应突然让我心生敬畏。纵使我从不穿高跟鞋，赤脚触地仍然让我觉得自己矮小而卑微。而在缅甸人看来，圣佛之下，人必是卑微的，因为我们总脱离不了人的贪念和狭隘。

夜晚，春风沉醉，人们手持鲜花表情平和从四处走进大金塔，茉莉和各种花香弥漫，香气缭绕，引着人的心思漶散在无形的夜空。这是一个被鲜花和人的精神所装点的夜晚，在这个夜晚，在这个堆积着财宝的建筑下，所有的物质都不足以道。某个相当于公园管理处的窗口，我看见有人平静地将4颗硕大的红宝石捐给了大金塔，他们得到一本证书和几支含苞的莲花，以及来自信仰的安宁之心。

来朝觐的人们喃喃细语，跟自己的神灵诉说着愁苦、烦闷希望和喜悦。抬头，仰视，不管是观望或是接近，所有人都只有这唯一的视角。你的目光势必一遍遍沿着塔上升，然后，你的灵魂似乎也跟随着塔的指向，进入辽远的天空，进入冥想，进入广大的虚空。大金塔闪耀的金光之上，仿佛星星也变得暗淡。

当人们的目光从大金塔所导引的高空垂下，或是从冥想中回来，他们面带微笑，他们似乎不再有烦恼，他们的灵魂被荡涤，他们获得澄澈与宁静。不管各人心中存着怎样的困扰，当他从佛那里归来，人世的苦痛和忧烦似乎变得可以忍受，今夜，这些虔信之人将在灵魂的平静之中安然入眠。

（二）与一个女孩会意

虔诚的信徒手持鲜花来到大金塔下，阳光来临之前，他们用浸泡着香花的清水濯洗佛像，把最美丽的鲜花奉献给至尊之佛。在一片细语祷告声中，大金塔迎来第一缕阳光。光耀无比的大金塔，引领着人众的祈福之心，通往神驻的天界。神灵所在，朝拜者将在一天开始之时获得福祉。

有个小女孩不知何故一直跟随我，她皮肤黝黑，穿着白底红花的小汗衫，脸和脖颈上涂抹了一层黄色的香香木粉，当我们的目光相遇，她就漾出满脸的笑意。向导带着我寻找自己的守护神。双手合十，我向一尊男神表达虔诚和敬意，我的守护神垂目沉思，用他的无形之手给我内心以抚慰。我收手回头，目光又遇到了小女孩，她看我的眼神有些迷糊。我们凝视神像，蓦然转脸看向对方，又是同时！

突然间就有些迷惑。

赤脚行走，不远不近的距离，小女孩就这么无声地跟着我，我们目光一次次遭遇，恍然有相识之感。微笑，同一瞬间回头，目光交会，再微笑。突然回头，又是同时微笑。会意之下，我们竟然都想把自己的某些东西给对方。我刚拿出随身带着的一只小花发卡，女孩已经走近，她拉着我的手，将一串茉莉花挂在我胸前，又把手放在我手中，二人语言不通，但两手指尖和掌心触碰，彼此心领神会。

恍然感觉这小女孩就是另一个自我！有一阵子，我们并肩坐在地上，一起看金光闪闪的大金塔顶，一起看无际的蓝天，仿佛在某种认同感中遭遇。

小时候，我老觉得自己与众不同。我经常有些奇怪的记忆和感官经历，陷入某种自己无法解释的预感。有时候，梦中场景在之后的现实中展现，吓得自己目瞪口呆。在经历某些事情时，我竟然会像巫师一样感受到即将来临的细节和偏差。脑袋的某个地方好像被突然打开，看见自己正在某种预见之中——这时的我，就像是某个自己也不知道的影子。我曾经私下认为，宇宙间一定有某种神秘，某种难以预知也无法把握的轮回，我们会带着某种前世印象，存身于无法破解的秘密之中。

那些敏感的念头和心境，童年之后就未曾出现，此时，它们倏然回来，我有点猝不及防。恍兮惚兮，不知身为何物。眼前这个缅甸女孩仿佛我另一个时空的影像，我在她的脸上看见自己曾经有过的表情。

家人来找女孩，年轻的母亲双手合十跟我打招呼，然后带女儿走开。小女孩，频频回头跟我笑，突然又跑回来，把一支白色的鲜花递给我，又握了握我的手，女孩柔软的指尖触摸着我的掌心——跟我从前表达亲密是同一个动作。然后她指指我的相机，席地坐下，给了一个灿烂无比的笑脸。

我的镜头留下了快乐无邪的笑。

（三）美丽的乞讨

曼德勒山下的石刻藏经院，是游人必往之地。里面的每一座小塔里，都供奉着一页石刻经书。数以百计的经塔被刷得雪白，光耀刺目。

热辣辣的太阳，绿荫浓密的树下铺着一层有香味的小白花。女孩捡起地上的花，用线穿起来，戴在头上做发箍，绕在手腕上做手镯，挂在脖子上当项链。多出来的花环拿在手中，等待给别人。

两个可爱的小姑娘露着灿烂的笑脸，一个正在换门牙——她老有个用上嘴唇遮牙齿的动作。这是个两个乞讨的女童，看见外来游客就伸出小手，唱歌一样轻吟："No money ,No happy ,I'm hungry. So Please give me some money …… Please give me one dollar ……"小姑娘用齿音清晰的亚洲英语向游客乞讨，每一个单词都用一种好听的升调，还把尾音拖一拖，像在朗诵或是吟唱诗歌。两个女孩的脸上绝无我在国内习见的乞丐神态——期待、可怜巴巴、苦难、麻木、不满足甚至丑陋。在缅甸，乞讨，仅仅意味着接受布施。而布施者，他们需要有人接受他们的善意，需要被别人需要，需要自己的善心有所附着，所以，没有人会鄙视一个乞讨者，即使自己无心布施。

女孩脸上呈现着欢快、单纯、友善，以及小女孩特有的轻灵好奇。她们追着我的目光，跟我嬉笑。这哪里是乞讨？完全就是一场布施：她们把最美的笑容布施给我。

40℃以上的气温，地面像热锅一样烫。我只能以脚尖、脚跟、脚掌变换着跳腾在滚烫的地面上，用某种舞蹈一样的快步走路。两个小女孩看我怪异的步态，跟在后面学，把自己弄得开心无比。俩人嘴里还没有忘记吟诵，但那样子好像早已忘记自己的目的，乞讨之词，变成了轻细好听的歌声。

"No money ，No happy ，I'm hungry. So Please give me ，some money ……"

在缅甸灼热的阳光下，有很多瞬间，我总感觉有某种至福降临，在这个佛的国度里，神无处不在。在众神目光里，我承受那不可预知的微笑，那些来自不同心灵的表情，某个小贩，某个和尚，某个漂亮姑娘，某个好奇的小伙子，某个老人和可爱的小孩。

在曼德勒的这个下午，福祉没有停留在瞬时之间，神的爱抚一直跟着我，两个美丽的小女孩不停跟我玩着眼睛和微笑的游戏。她们完全忘记了自己为什么要跟着我，她们的手完全脱离了乞讨的等待，她们跟我一起把手挥来挥去，用手势沟通着语言达不到的快乐。两双小手把白色的花环绕在我的手上，挂在我的脖颈上，奇异的花香弥漫，仿佛神灵弥散的喜悦。

黄昏，夕阳照射着庄严静穆的藏经院，洁白经塔中那些立着的石刻经书，被辉煌的阳光所宣照。在曼德勒的艳阳下，神的启示无处不在：在祛除了心灵迷障的和谐之中，在某个静谧之处，爱与喜悦同在。

(四) 荒的宿命

　　大地被太阳炙烤，滚热的尘土气味在空中飘荡。汽车穿行在4月的缅甸平原，越野车碾压过熔化的柏油，伴着某种粘稠的撕裂声飞快向前。车内空调开到最大，轰轰作响。一些灰尘从风孔中钻进车内，呼吸有点发痒。热，焦躁，不停喝水，睡意难遏。行驰，仿佛坠入某种不可逃脱的命运。

　　曾经自以为是地想象，缅甸会是一个充满阳光、水分和绿色植物的国度，当汽车穿行过缅甸中部的旱季原野，却看到完全不同的景象：一个旱与荒的世界。

　　连绵的荒地好像无边无际，几个小时中，除了跟路上的汽车交会，很少看见人。正当旱季，缅甸中部平原上的矮小植物被太阳暴晒了将近半年时间，一片萧条枯败。除了布满尖刺的黑色荆棘，地上零落的草根，四处都是裸露的泥土。偶尔有农人经过，赶着嶙峋的白色水牛，极其缓慢的步子，脚下踏出小团小团的扬尘。旱季，缅甸的水牛几乎很难找到草吃，瘦得让人过目难忘！广大的荒野，精瘦黧黑的农人，精瘦无力的耕牛，枯得只留下满枝干刺的荆棘丛，这景象让人不得不相信某种宿命在这大地之上的存在。在缅甸的这个季节里，大自然催生出一种悲剧性的美景——明亮的阳光，蓝色无云的天空，沿地面覆盖到遥远地平线的荒寂，美丽而绝望。你可以感觉到，大自然暗藏淫威不，可抗拒。

　　乘着汽车的速度，窗外那些场景看起来就像电影里的慢镜头。有一些瞬间，某种错觉让我觉得自己是在不舒服的睡眠里做着意味深长的梦——仿佛置身某部充满象征意味的电影。

　　司机小丁说，车窗外的荒芜有将近半年的时间，雨季一到，这里又会是绿油油一片了。我当然想象得出，那时的耕地，林野，草坡，棘丛，又将被自然之手温柔地爱抚，重新焕发生命光彩，而此时，这广袤的原野深知自己的宿命，只是安静地等待雨水降临。面对原野的半年之荒，似乎更容易理解缅甸人对命运的顺从。

　　不可救药地想念昆明那不冷不热的气候。来缅甸数日，身体开始出现异常浮肿，从眼皮到脚背，我能感觉到那些不能排出体外的水分在皮肤下面发胀。想起大理喜洲一带的老人，至今把那些从前到缅甸瓦城（曼德勒）经商的人称为"走夷方"，据说最大的恐怖不是陌生人，而是陌生的水土和气候。很明显，我的身体在这里遭到了来自大自然的某种神秘拒绝。

　　"人是自己所处时代和地域的囚徒"，英国历史学家汤因比曾经以此表达人的有限处境。我们也许真的无法逃脱生养之地的某些神秘规定。从缅甸回到昆明后，我几乎水米不能进，体重却莫名增加了4公斤，全身的浮肿得不到任何医检的解释与诊断，投医无门，只好请假回大理。我婆婆拿从前"走夷方"的喜洲人用来对付"瘟病"的老方子煎草药给我喝，四天后，我体重下降到正常，浮肿完全消失。

（五）遇 蛇

穿行过村寨、林野、荒地、车行数小时，终于到达邦朗水电站，这是一个中国援建项目，也是我们计划中的采访站点。

邦朗水电站是缅甸有史以来最大的水电建设项目。该工程由云南水电十四局承担机电设备安装和电站装修。走过缅甸旱季的荒原，就会知道水电站对这里的人们意味着什么。

到工地的一刻，有点恍惚，好像刚才一路上赶的是一个特别的时光之旅，又回到了1970年代中国某个水电建筑工地。突然产生一种时空错觉：某个熟悉面孔会带着1970年代的风尘和笑脸，突然从外面的光亮之中进来。

从外面光亮中走进来这个人果然面熟，是水电安装的项目负责人王。他跟我一样年纪，从前竟然就住在我家旁边，两人甚至同有一个从中学时期延续至今的好友！人生无处不相逢。

安排好第二天的拍摄计划，我们被送回房间休息。客房是专门为接待贵宾设计的，窗外对着一块高尔夫球场，据说是缅甸政府高官经常关顾的地方。在四处干旱的原野中，球场草地的绿色仿佛梦幻一样奇妙，尽管周围干得要冒火，但球场的喷淋水管依然往草地上喷着清亮诱人的水珠。反差之大，让人心生惊讶。我住的那个房间，据说曾经住过缅甸总理和夫人，房间里没有电，没有自来水。发电站建好之前，这里的用电只能用一台柴油发电机供给，今天晚上8点以后，我们可以得到大约两小时的供电。卫生间一只巨大的铁皮盆盛放凉水，洗澡只能用一把塑料瓢自己冲淋。

外面艳阳如火，四下不见人影。按照中国农历，今天该是三月十五，风突然平地而起，卷起灰土蛇形般盘旋升空。脑袋里无端生出一个场景：荒漠中无动于衷的蛇。几乎是同时，听见菜菜在隔壁尖叫，一条翠绿色的小蛇爬上了行李箱。我内心的惶惑绝对超过菜菜——那蛇仿佛来自我刚刚出现的某个意念！小武想用一根杆子将蛇弄出来，没成。菜菜冲出去，一路比划，带来几个当地人。蛇被人用手捉了出来。忍不住要凑近些看看，美丽的绿色，腹部嫩黄，嘴里伸出粉红色的信子来吓人。黑瘦的捉蛇人满脸带笑，把蛇扔在10多米外。我们都习惯性地觉得这条蛇应该被打死！笃信佛教的缅甸人当然不会这么做。看着蛇很快爬走，在干扑扑的尘土上留下弯弯的痕迹，一干人还是有些心有余悸，把房间每一个角落都搜了个遍，被褥全部翻抖开，仍是惴惴。

晚饭吃中餐，王特意让人弄了条大蛇款待我们。以前吃过蛇，今天却有些怕，就跟王说了，他哈哈大笑说：我们都是学唯物主义长大的，你还怕动物的灵魂？王是我喜欢的那类人：实在、爽快、热爱工作。一起喝高度白酒，最终还是喝了蛇汤，吃了油炸蛇骨头。有些醺醺，大家都很享受"他乡遇故知"的快乐。

入夜，听工地上的女工说云南的家事，直到夜深人静。晚上点着蜡烛上床，似乎已经忘记白天的恐惧，很快入睡了。

梦里看见云南的山峦，灰白的云突然蛇一样在天空翻滚，一条翠绿的小蛇伸出粉红色的信子，竟然在笑！一惊而起，异乡之夜，仿佛有某种声音在响，像电视里听过的响尾蛇。

蛇有灵吗？心狂跳起来。

漾濞，那些有关时间的风景

（一）

县城在苍山西坡延伸而下的缓冲地带，漾江擦着县城的一侧奔流而过。清晨，阳光越过点苍山顶部，照在漾濞已有五百多年历史的云龙桥上。这是中国留存下的最古老的铁链子吊桥。

阳光渐渐暖和起来，住在桥头亭子间旁的张大妈依旧每天来桥头上烤太阳。这是1999年的11月份，这个时候，漾濞的冬季还未真正开始。八点半前后，西边山上来的马帮大多都已经穿过链子桥，进县城交易。桥上落下很多马屎，看起来今天过桥的马帮还不少。当我来到云龙桥时，正遇上张大妈拿着扫帚在扫马粪。

云龙桥修于明弘治年间（1488—1505年之间），长39・7米，宽3・2米的桥面，由木板铺成。桥面由环环相扣的巨大铸铁链子锁住，连接两岸。桥两端修有亭子间，供往来人避雨歇脚。

对于外来者，漾濞江上古老的吊桥纯然是一种风景，对于住在吊桥亭子间附近的张大妈，吊桥却是她晚年生活的一部分。在吊桥上晒晒太阳，跟过路的人闲聊几句，更多的时候，75岁的张大妈就拄着拐杖一个人在吊桥亭子间烤太阳。望着桥下奔流的江水，张大妈想起她的从前：

"现在，水不如从前清。从前，我是有单位的人，在机关食堂。我二十多岁，编着大辫子。"她用手比，辫子长及腰。

"我天天都要下到江边挑水。你看，就是那边。每天要挑十多趟呢，当时人年轻，也不觉得苦。"

张大妈指的地方长着树荫浓密的大青树。

张大妈说，漾濞江的水不如从前大，现在还有人往江里倒垃圾。江边住的人多了，也没办法。

冬天，张大妈喜欢在云龙桥上烤太阳；夏天，她也喜欢在桥上吹吹风，她说别的地方她不爱去。张大妈说，从前太苦，她落下一身毛病，什么也做不了，现在只能在桥上发发呆。她耳朵不好，但每一天都要拿着家里的笤帚扫桥面，走的马多，马粪总也扫不完。

五百多年历史的云龙桥，桥上年过古稀的张大妈，在我眼中，他们就是漾濞最有时间感的风景。五百多年间漾濞江水涨水落，云龙桥还是一如从前承载着马帮行人。而张大妈，七十多年的风雨岁月，小城镇那种特殊的人生况味，外人又如何能体会？

从清晨到黄昏，桥头亭子间总有当地人在慢悠悠闲停：年轻人喜欢在江边的石桌上打牌下棋，附近的居民也喜欢端着水杯到亭子间闲聊。古老的云龙桥，它的速度完全与"现代"一类的词无关。这种速度联系着的是马帮、古道、乡村以及另一种时间，另一种景致。如果你喜欢"文化"这个词，云龙桥本身以及它所表达的时间，它昔日的喧嚣与今日的沉寂，就是一种文化。

关于云龙桥，当地人告诉我这是一座"太落后"的桥。因为，云龙桥从来就只是一座人马吊桥，直到今天它也只能走走马匹，过过行人。几十年前，汽车过漾濞江就已经从南面新修的水泥大桥上走了。很显然，这座桥确实是过时了。在云龙桥头的亭子间，有人跟我开玩笑：你们大城市都走立交桥了，我们还走着链子桥，我们还不落后？

云龙桥，连通漾濞江两岸的，至今还是那些旧时的粗铁链子。在桥头，一块几年前新修的石碑，写着云龙桥的历史。关于云龙桥，当地人知道它经历了五百多年的时间，知道这座桥的两边连着许多从前马锅头歇脚住宿的地方，他们也知道这些被马锅头叫做"铺"的地方，连着一条古老的商道，这条古商道叫博南古道。

（二）

漾濞，原意指两水：漾水和濞水。漾水发源于剑川剑湖，流经大理州剑川、鹤庆、洱源、进漾濞县，流入澜沧江，濞水出自洱海。北来的漾水、和东来的濞水在点苍山西南麓汇合。汇合处，叫大合江，往西，汇入澜沧江。现在说的漾濞，指的是漾濞县。

横跨漾濞江的云龙桥所在，曾经是漾濞老县城的中心。

如果在空中看，漾濞县城的东面，正好是大理坝子，隔开两地的，就是南北蜿蜒屏列的点苍山。

在久远的年代里，大理一直是云南重要的物资商品集散地。古老的西南丝绸之路和滇藏茶马古道就在大理交汇，从大理往北，上丽江，过迪庆，进西藏，茶马古道上，马帮源源不断，驮运着茶叶布匹等商品去往西藏。从大理往西，另一条古道经由漾濞通往永昌，古老的西南丝绸之路进入了他国境内最西的一段——永昌道。因永昌道行经大理州永平县的博南山，当地人又把这段路称为博南古道。漾濞，是博南古道上的一个重要站点。

要是问从前的马锅头大理离漾濞有多远，他们可能会回答：两个铺。因为满载货物的马帮，须走两个铺头才能到漾濞。出下关龙尾关，进漾濞的第一个铺，叫平坡铺。平坡铺距下关30来公里，马帮早上出发，黄昏后可到达。再走一铺，马帮就到漾濞了。漾濞往西，是柏木铺，位于山坳中，曾经是一个很繁盛的铺头，有大户人家的漂亮房子和旅馆。马锅头在这里常常要好好歇脚，喂饱自己的马匹，因为下一站路几乎都在爬山。站在柏木铺，可以看见西边山顶上一棵很大的树，那就是下一站，秀岭铺。过秀岭铺，是太平铺，往西还有黄连铺、梅花铺等等。从前老跑这条路的马锅头心中，这些相隔数十公里的铺头每一个都是不同的。这些众多的"铺"，就是从前马锅头心中的"里程碑"，他们以此来标识和计算自己的行程。

马锅头经行往来，踏出了一条两千多年的人马古道。关于这条古道，很多人可以查阅史书资料，寻找到它的走向，但现在除了零星通往山区的马匹以外，很少有人在这条路上走。当我今天试图按图索骥找寻它原始的遗存时，才发现困难重重。很多路段隐没在丛林、河滩和山野之间，而更多的路段早已消失无形。据说在点苍山西坡漾濞平坡铺一带还有深深的马蹄印留在古道上，于是专程前往。

在漾濞江旁一个叫劝桥的地方，遇到一个放羊的老汉，随手一指说："下面就有马脚窝，起码也有几百年。原来还要多，后来老路没人走，也没有官管，有些人就近拆路上的石板围自家的田埂，还有人干脆就把大铺路石搬回家，用做盖房子的石脚（基础）。"

我们真的找到了一段已经废弃的古道。不足八尺宽，路上的大石板象打磨过一样光滑。在几块石头上，马蹄印足有十五厘米。深深的马蹄印积满尘沙，如果不掏出这些厚厚的积尘，你几乎什么也看不出来。古道至今还留存着跨溪而筑的小桥，这座名叫"劝桥"的小桥在清澈见底的溪水之上自成风景，除了偶尔有附近的农人经过，山野这一带寂无声息。我知道，在云南，人们总是习惯于事物的自生自灭。大多数人绝不会用超乎自然的形式来记忆自己的历史，他们一如自然界的万物，沉默地生，又沉默地死。与云南很多地方一样，漾濞境内众多的历史遗迹一如这里代代生息繁衍的生物，在时间中诞生，又在时间中按生命规律衰老、隐退、消亡。西南丝绸之路，这条中国最早通往境外的古老商道，它在云南的踪迹，渐渐随着马帮的铃声，随同它的往昔消逝在时间的流程中。

无数年间，无数的马帮商队经由漾濞而过，足迹遍及云龙桥相连的两岸，并在漾濞境内留下众多的驿站、铺头。如今，那些店铺、客栈只能在乡村地名中寻到些痕迹。太平铺、柏木铺、秀岭铺、北斗铺等等……，这些从前马锅头歇脚的地方，它们的历史在各种传说中已变得支离破碎，但当地人都知道，自从新公路修通后，马帮就渐渐开始减少，漾濞逐渐变成一个交通死角。

（三）

与古老商道同向延伸的另一条公路是滇缅公路。老道些的漾濞人都知道，这条公路在二战期间叫"史迪威公路"，曾经是东南亚战区的陆路补给线之一。史迪威公路是漾濞最早通汽车的公路，这条为汽车开辟的道路，使走了两千多年的人马古道迅速衰老寂寞。

史迪威公路修成于1938年，抗战期间曾经是"中国最后一条陆路输血线"。很多年长的漾濞人还记得当年军车昼夜不停穿行于滇缅路的壮观场面。那时，漾濞成为了重要交通线上的一个站点，常常有车辆进县城维修补给。

过云龙桥，往西行几里，就可以到达柏木铺。古老的柏木铺紧挨着史迪威公路，远在明朝以前，这里就是西南丝绸之路在中国最后一段——"永昌道"的起始。明嘉靖年间，地理学家徐霞客游历云南时，柏木铺就已经作为过道上的驿站存在。

一过云龙桥，老远的地方，就可以看见柏木铺村口的大青树。踩着被马帮踏得滑亮的石道，人就走进了大青树巨大的荫翳中。大青树下，五十八岁的村民何振坤刚刚从山上背回一大背厩草。抹着额头的汗水，何振坤说，他小的时候还有很多马帮过柏木铺。马帮沉重的驮子里，驮着盐巴、糖和其他物品，马帮天天经过家门。他祖上很穷，赶不起马，只是给过往的马锅头打打杂。那时，马锅头还算得是富有的人呢。马锅头不仅带来了各种稀奇货，带来各地的稀奇口音、稀奇故事，也带来了外面世界的全新信息。他们是受人欢迎的经济使者，也是当地非常重要的文化传播者。柏木铺有好几家大的铺头，专门给马锅头和旅人住，都是大房子，在这一地带显得很阔绰。

　　仅有五十多户人家的柏木铺现在已变得十分冷清，村中的巷道寂无声息，狗在墙角下不作声地睡觉。一幢从前漂亮的大房子上，看得见满墙的毛主席语录痕迹，写满"千万不要忘记"一类的词语。下午这个时候，几乎家家门户紧锁，何振坤负重走路的脚步和喘息声在宁静中显得特别响。

　　何振坤家晒着包谷，院里的橘子还未熟透。家里人都出去了，只有何振坤的岳母在院子里烤太阳，她不说话，只给我们递来小凳子，看着我们笑。何振坤说，岳母比他知道的事多，但很不会说话，从来没有见过采访的记者。何振坤告诉我们，虎年（1938年）修史迪威公路，他去打过工，因为没什么技术，只参加修了毛路。公路修好后就再也没有人住柏木铺了。何振坤满脸笑容递给我的橘子非常酸。

　　沿柏木铺往西，史迪威公路在深山密林中蜿蜒而走，但已经很少有汽车经过。出秀岭铺，就到了太平铺。八十年代以前，走往保山、怒江、德宏方向的司机很多都记得，太平铺

"繁盛"一时。司机门喜欢在太平铺停车吃饭。那时，这条路上往来汽车多，路的两边，开着许多小饭馆。想不出当年这里是怎样的热闹？只觉得它今天的安静恍若隔世。中午的太阳照着高山峡谷之间的小镇，下课的小学生在路边的墙角下，吃自己带来的冷饭。路边的小吃摊半天也不见有什么生意，倒是学校对面有一家低矮的小店窗口挤着许多买零食的小学生。小店主人姓梅，土族，是个八十多岁的老奶奶，她一边卖东西一边大声地跟我们说笑。她说，自己最会摆故事，问我们想听什么。

"我年轻轻的就会摆故事了，摆给我的娃娃听。我十八岁嫁人，十九岁就生娃娃。我要哄自己的娃娃，就学会摆故事。"

问及博南古道，她说知道，从小就见过许多马帮，还有摇鼓卖货的商人。她的丈夫穷，一个买工的（即雇工），在太平烧烧栗碳，得空也帮马锅头干杂活：喂喂马啊，装卸商货啊，洗洗杂物啊……。说到高兴处，她就指着对面一个叫猪嘴崖的悬崖说：

"老早以前，连诸葛亮都来过太平铺！真的，诸葛亮留下块碑，前几年碑还在，就在那上面，我亲眼见过。为什么太平现在没有苍蝇蚊子？旁边的地方都有，这太奇怪了。原因是诸葛亮来到太平，见苍蝇蚊子多，就站在山顶上，用他的扇子煽东边说：东边的苍蝇蚊子退后五公里。又煽着南边说：南边的苍蝇蚊子退后五公里……。后来，我们太平就再也没有苍蝇蚊子了，被诸葛亮的扇子煽跑啦。"说完，梅奶奶就哈哈大笑。

说到打战，梅奶奶神情突然变得严肃。她说：

"说给你们，你们不信，会以为是摆故事。这不是摆故事，是真格的，我用眼睛望着的。公路上汽车嗡嗡开个不停，后来，看见从保山、腾冲逃出来的人。有个人腿都没有了，剩着半个身子，还活着，太害怕了。我眼睛望着，富人把高跟鞋的跟都跑断了。太好笑了，……后来，人家就规定不准穿高跟鞋。"

想来，那应该是1944年前后的事，当时滇西抗战进入最惨烈的时期。梅奶奶说，她讲不清是哪年，那时她有二十多岁。反正，来来往往有好多老蒋兵（国民党兵）。从西边来的人大多是又饿又累，衣服脏烂，还有很多伤兵，非常惨。梅奶奶说，打仗时鸡也养不成，狗也养不成。西边来的兵太饿，见狗就用棒棒打，看见鸡就一把扭断脖子。"不是摆故事，说给你们，你们也认不得！你们太小啦，不懂。我还把自己脚上的草鞋给当兵的，他们连鞋子都没有穿的，怎么走路？"

传说诸葛亮留下碑的那座山上，梅奶奶在树林躲过飞机炸弹。她说我们跟她孙子差不多大："什么也没见过，什么也没有经历过，连草鞋是什么也不知道！我眼睛望得太多啦，八十年啊……"

梅奶奶和她将近一个世纪的过往经历，有关人马古道和史迪威公路有关的无数历史细节，我们只能从她语言中隐约感到。而太平铺，一个地图上也难找见的小镇，人们记住这个地名，仅仅因为博南古道从此经过，马锅头要在此停留；仅仅因为它是史迪威公路上一个汽车歇脚的地方。当地人说，大约在六、七十年代，太平铺比漾濞县城的小街还热闹呢。

二十世纪八十年代初期，因现代交通事业的发展，新修的

320国道从漾濞边上绕过，自此，漾濞和境内近70公里的滇缅老路——史迪威公路就隐没在群峰之中。在公路的一边，可以看到古老的人马驿道在山梁上委蛇而过。

（四）

在云南的许多小城镇，新的县城大都是老县城改头换面，或是往四周扩张而成。漾濞却不一样，这里几乎完整保留了一个古老的旧县城格局，而这个老旧的县城无论在外貌还是精神气质上，都停留在从前的时间里。

漾濞江边，一条街道临江而筑，不足一里的小街弯弯曲曲延伸着窄狭的巷道。这里是漾濞县城的老街，早先叫仁民街，"文革"期间改成了人民街。但从五十年代至今，当地人都将其称为"小街"。作为街镇，它至少已经存在了六百多年，但作为县城，它的历史却要短得多。

五百多年前，中国著名地理学家徐霞客穿越云南的崇山峻岭，来到点苍山西面的漾濞，在《滇游日记》中，他如此记录当时的漾濞："……抵漾濞街。居庐夹街临水，甚盛。有铁索桥在街北上流一里，而木架长桥。"今天，漾濞老城的小街依然保留着数百年前的样子和格局，民舍密集，夹街而建，老吊桥还在，马帮往来如昔，只不见了"甚盛"的喧闹和旧时繁荣。小街已成为漾濞县城废弃的一隅，留下众多的历史痕迹，象安静的老人，随时光流逝渐渐隐退。

沿青石板路走进小街，那些低矮的老屋看起来已经非常破旧。街是老街，宽不足五米。路面在几年前换过石头，依然保持从前作为官马大道的样子——中间铺垫着两尺宽的青石条，边上镶着来自河底的卵石。真正的老石头是临街居民门前的石板，也不知经历了多少时日，被踩出了坑，平滑，光亮，象上过蜡。街边的房舍，几乎都是老式的土木结构，瓦檐发黑，门面衰颓。

现今的小街，几乎是一座空城。家境好些的人家差不多都已搬到县城新区，剩下的住户自称是住在"贫民区"，因为他们没有足够的钱搬新家。这些老居民已经习惯了平静悠缓的生活，并且从不觉得小街有自己生活之外的价值。他们之所以还生活在这里，仅仅因为小街是他们的家。

小街人当然也有自己的光荣时间，远一些的，现在人不大说得清。说近些，他们知道1912年，辛亥革命的第二年，漾濞建县（当地人说，这事得益于蔡锷将军，因为他曾经力主此事）归属大理。在此之前，漾濞一直是归属永昌府。最早的县城就在小街，此后的数十年间，小街就是漾濞最繁华的地方。曾几何时，当地的富有人家在小街上置地购屋，开旅馆，设马帮，小街上店铺密集，商业兴盛，人马喧闹，很是风光。现在的小街还保留着几幢建筑讲究的庭院，从前的主人都是靠驿站和旅馆生意发起来的。民国年间，这些有钱人家多少都靠过往马帮做些或大或小的生意。

新中国成立后，小街就成为了新时代的新县城。一直到八十年代，县百货站、供销社、联合诊所、粮管所、新华书店全部都设在这里。小街成为全县物资、商品最主要的集散地。

每逢街子天，狭窄的小街挤满交易的人群，核桃、香米、蘑菇、草药……山民带来丰富的山货，而供销社，百货门市则挤满了买棉布、盐巴、白酒、煤油的山里人。当年最大的商店是"七隔铺子"——因有七间门面得名，七隔铺子集中了百货站、供销社和粮管所。小街上的街民，因为用的是购粮本而颇为荣耀。

小街70号，住着一户回族人家，从前就是有购粮本的"县城的"。男主人马师傅五十多岁，他告诉我们，他家从前不在小街。"我们是卖了原来老家的房子，才搬来这里的。1967年，我们就搬来街上作了街民。毛主席时候，我们都是用购粮证的街民嘛。但跟不上时代的发展喽，现在，我们又变成了居民。落后啦。"在马师傅眼中，农民、街民和居民，其身份显然是大不同的。马师傅说："毛主席时候，我们这里有卫生院，供销社，是全县最好的地方。我家这里还开过新华书店，卖的都是红宝书，还有毛主席像。"马师傅要去磨面，穿了一件洗白了的蓝外套，是七十年代的时髦样式。

与马师傅那时髦衣服一起过时的是"七隔铺子"。大约在七十年代后期，渐渐大起来的漾濞县城开始向漾濞江东岸的缓坡地带发展，县城的中心开始转移，先是百货站，后来是粮管所……一家家国营单位纷纷搬走。几年前，漾濞县中医院搬走，这是最后一家搬走的国营单位。小街至此完全丧失了它作为贸易集中地带数百年的喧闹。

现在的"七隔铺子"已经荒芜破败，一溜的门面颜色斑驳，大门紧闭。在陈旧的门头上，还挂着县供销社和采购站、百货门市部的牌子，一副旧时的严肃表情。最生动的是瓦顶上密密的黄草，两尺多长，鲜红的花朵还未完全凋谢。

与"七隔铺子"一起，小街在二十世纪八十年代开始冷落。在41号紧闭的老门面上，四十多年前用纸糊上去的标语还在，一尺多的大字写着"社会主义好"。历经时日，字迹已经模糊，但那个时代的气息却是非常强烈的。这种气息当然也较完整地留存在当地人的言行举止中，就象小街70号的马师傅，他的言语中离不开对毛主席的感激和怀念，在他简陋的家中，还贴着一张毛主席的画像。

今天，小街上的漾濞人依然保持社会主义大家庭的朴素感情。尽管山民的骡马走个不断，小街路面仍然随时干干净净，发着石头好看的亮光。只要路上落下马粪，路边就会有人拿撮箕来收拾。小街上段一个正在撮马粪的中年男人说：不扫，脏的还是自己家。他说，这一带的居民从来不计较谁家扫的多，谁家扫的少。他们从来都是谁见马粪，谁就扫了。"我们这一段，从来都是最干净的！"这显然是件很光彩的事。小街上的居民好象并不因山民的骡马弄脏了家门口而不高兴，因为他们觉得，自己的生活终究要比山里人好得多，"县城的"优越感使他们宽容。有时，他们会给路过的山里人一点食品、衣物。在他们眼中，这是一件自然而然的事。实际上，很多人祖祖辈辈就在这个过道之上生活，并早已沿袭了过道之上一种古老的道德观念。

小街110号有家小杂货店，早上7点到8点之间，常有路人来买些小点心和纸烟，这也是一天生意较好的时间。这家门牌号"人民街110号"的小店现在是小街最大的商店，店门上贴着"公道贸易"的字样。店面为相连的两间外屋，一边卖盐巴、酱油、白酒、纸烟和当地自产的小点心，另一边则卖着麻绳、煤油、彩纸和老草纸等杂物。75岁的店主严桂英（发音）不识字，她说从来也不知到自己的名字怎么写。严桂英原是腾冲人，刚解放时与丈夫一同来到漾濞小街。严桂英很有些骄傲地说，她的丈夫当过游击队员，还是共产党员，属于功臣那一类。掐指一算，严桂英说自己的小店开了有五十年。1948年到小街，次年12月开小店至今，其间经历了公私合营，收归公有，然后又店归原主。守着这两间与居屋连在一起的小店，严桂英已经习惯了不再热闹的小生意。早起的人来买点心糕饼，赶街回来的山民也会顺路买些麻绳草纸和香烟白酒回家。严桂英跟来往的人都熟了，她喜欢坐在小街上晒太阳，不时与路过的人打个招呼，说几句闲散话。有时，也有老邻居来一起坐着说话，晒太阳。

　　早上九点不到，小街安静得如同无人一般。除了偶尔经过的路人留下些脚步声，就是漾濞江水终年不绝的奔流声。透过西面临江的屋子，可以看到江对面的树林。在黯淡的房屋那面，明亮的树林象一张风景画。有时会让人感觉，房屋两扇门对过而开，好象就是一种特殊的造景，而屋里活动的人，却象幻影一样看不真切。

　　作为一个缓慢时代的留存，如今的漾濞小街上，行人稀少，街巷空寂，安静得如梦境一样。满目旧日时光的痕迹，让它停留在另一个年代里。对于外来者，漾濞江边的小街，今天已经成为一种风景；对于外来者，漾濞也是一个要让人怀旧的地方，因为在奔流不息的江水声中，它所流露和保存的，更多是一种往日的时间碎片，一种边地生活简单而本质的气味，一种早已被城市和速度丢弃的方式。它所表达的，是城市以外的另一种生存方式。或许，我们只需理解为另一个集镇，另一类人群，另一种时间和另一种速度。

（五）

作为一个过步者，我真的无法漠视漾濞小街在1999年冬季那些流动着的细节，那些让我记住漾濞的场景，它最普通的一天。在今天，漾濞老街所显现的无疑是一种真正的"另类"姿态。它绝不是故意而为；它不同于城市，全然区别于能够大为风靡的"主流"；它也绝不是外来者眼中的"风情"一类的滥词，它平凡而寻常的物象中，储存着一个地方的记忆——丰富具体而且富于生命，象云南许多地方一样，沉默保留着自己记忆。依靠这些记忆，我们或许可以让古老的历史场景得以复苏，或许，我们可以借此感受到内心那个与传统紧挨着的世界。

大理，我的冥想之城

大理对你意味着什么？曾经有人这样问我。

我出生在大理，成长在大理。对于我，大理肯定不会是旅游读本和导游手册上的陈词滥调，游客眼中的观光景点和旅游目的地，更不会是地方官员口中那个被抽象为文献名邦、历史文化名城、充满投资和发展机会的所谓热土。

1960年代我出生在大理的时候，它还远不像现在这样令人向往。那时的大理，不过是"祖国西南边陲"的一个小城，是一个被抽象成"交通枢纽"的过站。从这里可以通往很多地方，沿320国道往东可以一直通达北京，往另一端可以到达缅甸等外国；214国道则可以通往遥远的西藏、印度，以及更遥远的地方。每年，我们都会接待从远方来，或是即将到远方去的亲戚朋友，听他们讲大理之外的世界。外面的世界似乎充满了难以想象的神秘色彩，让我心生羡慕，众多大城市来的人，不断在用各种见多识广的派头，刺激着我要走出大理的想法。而首都北京，就是我人生最高的梦想！

冥想de花朵

　　当我和全国人民被教育和鼓励着要心向首都北京的时候，我对大理的历史一无所知。在我年少的语汇世界里，边疆、少数民族地区与欠发达、落后、边缘、封建迷信等意思是连在一起的。我在大理的很多年间都自卑，这里没有大机器、大厂房，没有"先进"这个词所代表的工业元素，没有物质匮乏年代里让我们梦寐以求的时髦东西。我还是个小姑娘时，父亲曾经对我说，待在大理舒服是因为：城小，所以人大。他觉得在大理生活很不错。与父亲观念不同的是，从小学教育开始，我就被主流社会教导必须树雄心立壮志，有远大理想。"生的伟大，死的光荣"，我曾经认为人生就是应该追求伟大，要轰轰烈烈不同凡响，而大理，只是一个远离中国先进发达地带的"少数民族地区"，这里偏远、闭塞，人们满足于舒缓平静的生活，养花种草，喝茶自在。这样的生活真的值得吗？在一个追求改天换地的年代里，大理安静的氛围让我自卑，让我有某种窒息感。父亲关于"城小人大"的解释，使我更想逃离这个人觉得自己"大"的地方。

　　面对那些老大理的满足与平庸，怀揣着自己无从言说的自卑，我不停凝神冥想，想从中获得解答。大理的山水伴随着我寂寞的童年。

　　父亲从前想让我跟他学习建筑，为人生筑造最基本的物质庇护，可惜我物理太差，对于建筑的意义始终也只能停留在某种空想之中。当我必须为自己的未来寻找落脚点时，我也尝试着理解建筑与人生的意味。在大理，人们很重要的一件事就是盖房子，尤其是那些与土地最亲近的农民。他们会倾一生之力来经营自己的居所，然后留给后人。以土地为中心，在住所里营造生活，这种典型的农业文明场景，在我和同代人看来，不过是我们改天换地建设新中国必然要抛弃的旧式人生。

大理的建筑民居讲究装饰，大理人喜欢在住宅周围养花种草，他们巧妙地将天地和山水景观重新配置在自己的居所之中，消弭掉自然界肃杀和冷酷的一面，这也使他们回避开与自然那种悲剧性的对抗，使他们甘于平庸、甘于宁静。很多大理人抱着行善爱生、敬神惜命的理念在出身地度过自己的一生。在我充满叛逆想法的成长年代，如此的生活观非但不可取，而且必须彻底摒弃。不断被灌输要"战天斗地"的我，对大理的自足、安详一直怀着逃离的愿望——就象青春期对父母怀有反抗心理。

大理的静，静得让人心生寂寞；大理的慢，慢得让我等不得成长的漫长。

很多年后我阅世渐深，对世道人生有更刻骨的了悟，才发现大理的雍容沉静蕴涵着太多的历史、太多的真理和意味，这些厚重的东西，又怎么是年少轻狂承载得了的？

10多年前，朋友吕二荣曾经带我去看大理西门外某处古城遗址。说是遗址，其实连断垣残壁都很难寻着，早成了一处荒石滩。可以看到一些石块表面糊着坚硬的泥沙，也许是从前建筑墙面的石头？我不知道这些石头集中于哪个朝代，曾经被堆砌成怎样的建筑，庇护过什么样的人生。据专家称，这里就是羊苴咩城的所在，距今有一千多年时间。苍山缓坡之上，那些荒乱的石头一块挨一块，好似大有深意，让我们无从猜测。沿石滩往上走，是苍山中和峰。我们坐在一片坡地俯看大理古城。只有在这样的高处，我才可以看得全那些不时掠过古城上空的巨大云影。云团从苍山顶生出，然后被风由西向东推进，云影掠过田野、村庄。一些区域短时陷入微暗，然后又在阳光下明亮起来。云团移动的影子明暗交错，在某些无法看清的暗处，我感到了时间的潜流。一片云影移过古城，要几分钟的时间，如果我可以获得某种更高远的观望角度，应该可以看到，一个朝代的时间，就像一片云影覆盖那么短，那么，我们的一生又有多长？那天，巨大的云影像某种神谕，我似乎伸手就可以摸到大理历史的某个深度，而隔离着的是那平静无声的外表，这表面下，有一种声音，传递着千年之前的市声人语，以及某种我难以想象圆满的生活场景……

在大理，我总是可以看见苍山顶端云聚云散，云从哪里来？为什么我们可以感受到风的力量，却无法掌控风的行迹？为什么季节轮转，人却只能随着时间长大变老一去不回？人的归去之地也有山水星空吗？大理人为什么要在山水之间为看不见的神灵设庙？他们何以会相信在人间之上还有一个鬼神世界？……在我的成长年代，无数的问题，以山形水态呈现，又以变化无穷和无可撼动让我学会从自然之中领会世界和生命的道理。人与自然，生与死，有与无，动与静，刚与柔，永恒与瞬变，它们不是空洞玄奥的哲学，而是一种自然的蕴涵与表达。

少年时在大理看云，只看到聚散无常、美丽易逝。今天看来，"行至水穷处，坐看云起时"不仅仅是某种禅智，更充满着人生纵横捭阖的静谧激情。"江河鉴物之性，常在飞沙走石间"，水去岸留，石沉沙移，一切喧腾终将归于平静。今天看大理的山水，已经不仅仅是风景，而有了更多的意味。苍山与洱海之间，动静皆可参悟，静可参山，动可参水。水流云散，大理古城依然保持着某种深邃和宁静，成为一座因智慧和历史而获得沉静的时间之城。"淡然无极而众美从之"，曾经的繁荣强盛、曾经的霸气功名、曾经的风月往事都已经被时间淹没，但只要驻足凝神，你总是可以在大理风景的表象背后发现更加深邃的意味。

对于众多的过客，大理的一切不过是烟云风景，他们停下来，看看，然后离去。对于我，大理却是一种宿命，我的人生从那里出发，内心在那里竭止。意大利作家卡尔维诺在《看不见的城市》里写过某个城市的居民，说他们喜欢自己出生前的地球，以至于利用各种望远镜不知疲倦地观察着每一片树叶、每一块石子、每一只蚂蚁、着迷地冥想自己杳然的存在。我觉得自己就是那个居民，而令我冥想的城市就是，大理。

龙关上下——沿着下关的地名

下关，它的另一个名字叫风城。很多外地人领教过下关风之后都叫苦不迭。而对于我这样的下关人，那大风让我觉得很过瘾，强劲风力撞击着呼吸，让人振奋。从前起风时，地面的小石头会被风卷起，击打颜面，带来轻微痛感。习惯了下关清风激荡的城市空气，让我至今难以受空调的憋闷，甚至无法在一个不开窗的房间里久呆。

好快意的下关风！

风花雪月，在大理人那里，其实不是指浪漫之事，而是当地最出名的四大景观："上关花，下关风；苍山雪，洱海月。"风，指的就是下关风。下关风生于横断山和哀牢山两只山脉之间的垭口，专家说，来自西伯利亚的冷空气和来自印度洋的暖湿气流在苍山顶遭遇，冷热碰撞，搅动大气强烈运动，于是形成涌动气流，这股巨大的气流在点苍山最南端的斜阳峰和自南延伸过来的哀牢山之间交会，并沿着西洱河河谷冲进下关城。下关，成了风的领地。

自西而来的大风几乎常年不断，造成下关一些有趣的景观，比如，树和女人。下关几乎所有的树都是低头树，有的甚至连树身都向东边倾斜，好象面东朝圣：头部低垂，虔诚而谦恭。女人则大多爱眯眼皱眉，有的看起来好象愁苦，其实是在应对强风。有时候，我会为下关的女人们遗憾，因为风大，再好的发型也难以保持长久，很多下关女人的发型都不好看，大概好看的发型一出门就被吹乱了。

（一）龙关上下

作为大理的州府之城，下关的城市建设基本跟全国其他小城市一样，遵循了新中国建城的思路和模式——毁旧建新，所以它有着跟千万个城市一样的面孔：盒子一样的楼群，包容着大多数的本地住家，一些高显的宾馆容纳着外地游客，近年新建的别墅群是富有的单位和个人新居，城市的商业、交通、和地方生活表征也跟中国的大多数小城一样，快步追赶着现代时髦，又不可避免地带着地方特有的局限和土气。关于下关，我更愿意说的是它的地名以及跟地名有关的"龙尾关"。

下关，对应着另一端的上关。

1300多年前，南诏王皮罗阁迁都至太和城，设龙尾、龙首二关。龙首关从前叫上关，位置在喜洲以北蝴蝶泉一带，龙尾关就叫下关。上关早年的建筑如今已经毁圮，依稀可见的只有一段老城墙——像一个普通的大土堆，被荒草覆盖，没有多少人在意这是一千多年前的遗迹。我婆婆从前家在喜洲，她说小时候曾经在龙首关的古城墙上玩过，数十年前城墙就这个样子。

有时，我很惊讶大理人对时间和历史表现出来的平静。在我到过的很多地方，人家都会非常郑重其事地指给我看上百年的树木，以及那些数百年之久的古迹，而在大理，跨世纪的树木，数百岁的寺庙，上千年的古塔，那都是平常稀松，大理人面对这些充满时间意味的东西表现十分平静，跟这些千年之物生活在一片天空下，在他们，也只是理所当然的事，不值得过分夸耀。

关于上关，大理人今天更多记住的是地名，以及已经变抽象了的"上关花"。大理广为流传的著名四景，其"上关花"，指的就是上关一带生长的一种异常美丽的花。有研究文章说，上关花其实是云南木兰花，色白，花大，清香，很是珍稀。我相信直到今天，很多人还是没有搞清楚"上关花"的真正的样子，很多人还是想当然地认为，"上关花"意指上关鲜花满地，如同我很多年间望文生义的想象。

与上关相对应的下关，有更多可讲的东西，也有更多可见的历史遗迹。从字面上，我可以想象得到，曾经作为关隘的下关，一个兵家必争之地，在这里应该发生过很多战事，从而我也可以想象得出，作为云南省历史上一个重要的枢纽之地，下关有过怎样严肃而剧烈争夺的城市表情。

下关的中心早先在龙尾关。

龙尾关位于苍山最南端的斜阳峰坡地上，老道的当地人说，这里从前还保留着一个小集镇四方街的格局，历史上曾经繁荣一时。

龙尾关内，旧时的城墙大多已经拆毁，从前的四合院所剩无几。贯穿龙尾关的是一条南北走向的主街，街道宽也不过5米左右，这个宽度至少保持了上百年。龙尾关现在还保留着两个从前的城门，南面的城门俯瞰西洱河畔，当年夯筑得非常坚固，现在虽然很破旧，却也还保留着从前的气度。龙尾关北面的关口延伸到苍山斜阳峰坡地上，当年的城门现在只留存着一个简陋的门坊，大理石门匾镶嵌在门洞上，刻着"龙关锁钥"四个字，以强调当年位置的重要。

据史料看，明清之际，龙尾关一直是西南商道的一个重要站点，据守防备，有着重要的战略位置。天宝年间，唐朝大将李宓率军南征大理，被南诏王阁罗凤击败，30万唐朝大军全军覆没，情形无比惨烈。后南诏在洱河南岸修筑万人冢埋葬阵亡唐军将士，当地人又在苍山斜阳峰为李宓修建祠堂，留下了现今下关香火最旺的一个寺庙：将军洞。每年大年初一，数以千计的香客会到将军洞烧香许愿，浓重的香火让斜阳峰的山腰上烟云缭绕。现在的人没有去细想自己祭拜的神像是何路神仙，但一千多年前的大理人又何以要对"国家敌人"如此敬重？这一点非常重要。很多大理人对此也说不清楚，但老人中有一种说法，当年的李宓也是一员勇将，敬重一个英雄并无不妥。我觉得这是大理人精神中很有趣的一点，他们的价值取向似乎有着很大的包容度，这种包容可以让他们对"敌人"施以厚葬，并以仪式纪念。此种行为方式似乎要回到春秋战国那个精神高蹈，英雄辈出的年代才可以看见。我生活在大理的很多年间，对这种包容性并不太理解，直到后来对大理的历史有了更多的了解。

在下关龙尾关，至今还留着两口水井，也算是当地人对唐将李宓的纪念。两水口井分别叫大井、二井。关于它们的传说，今天已经没有多少人说得清楚了。有一种版本的说法是，将军庙其实是李宓后人所修，当年李宓带军南征，家眷跟随同往，李宓战死后，其家人在龙尾关安家立业，之后几代完全融入当地生活。据说龙尾关一带的李姓人家可能就是李宓的后人，这种猜测没有多少可信的根据。李宓的两个女儿在后来的传说中被演义为水泉女神，当地人依两个女神的神迹打井，于是有了龙尾关内红土坡的大井以及西门口的二井。我觉得这个传说所循的思维模式与大理的本主教有关。在大理，有很多英雄人物死后被奉为神灵，并被尊为村落守护神——本主，会被赋予众多的本领和超凡的精神。白族本主多为山、水、林、地之神，一人被奉为本主，其家人也会被列入神谱，亲眷的神像，有时也会出现在部分本主庙中。在大理三塔旁的白族中央本主神庙中，供奉着英雄段宗膀的神位，在这位大理国的英雄神像两侧，就塑着他妻子和儿子的神像。所以，当李宓被奉为英雄，占据了庙中神坛主位之后，他的女儿被演化成水泉女神，在受本主教影响颇深的本地人看来，也就是非常自然的事了。

（二）龙尾关的前世今生

2005年5月，我穿过下关新城再次来到龙尾关，看见的景象恍若隔世。

龙尾关，我很难找到一个角度可以把它全景收入镜头，每一个纵览的愿望都会被那些凌乱的电杆、电线，错落的招牌支解掉。在这条日渐破败的街上，我能收入镜头的只有一些琐碎而寻常散乱的细节，就如同它能提供给我的历史记忆。黑龙桥北岸，龙尾关老旧街道上，黯淡简陋的小商铺还在经营，这些零星而并不热闹的生意，在寂寞中渲染出小街仅有的生气。地道的地方小吃与外来食品摊点挤挤挨挨，没有任何规矩。当地人喜欢的小甑米糕紧挨着"成都口味"麻辣烫，凉粉摊旁又挨着一个"湖北面食"，理发店与杂货店并列，而修鞋的师傅边挥针纳鞋边与卖喜洲粑粑的摊主聊天。今天，我已经很难分清这些店主哪些是本地人，哪些是外地来讨生活的小贩。外地小贩可以大量在此安生，足见本地人在此地退出的程度。

有一瞬间，我有一种不知所在的时间晕眩。回神细想，这样的交易场景和买卖规模、商业水准与我目前所住的昆明绝对是两个世界，两重天。那些"与国际接轨"的大型超市里，无论是挤挤嚷嚷的顾客还是微笑服务的店员，他们都紧守着自己的利益和规则，在交易场所盯紧货品。在商场的买卖中，众多的物品把店员和顾客一起湮没在某个空间之中，人变得不再重要。而龙尾关的交易，简单得无以复加。比如，一个饥饿的人需要买一块米糕：大的一块钱，小的五毛钱。卖者收钱找零，买者指着要那块糖浆更厚的。如果双方没事，也可以说：今天风大，昨天生意不好之类的闲话。然后吃米糕的含糊着说"你招呼着。"卖米糕的人满脸堆笑说："你慢走，又来闲。"跟这一元、五毛的交易一起进行的，也还有一元、两元的服务：换条拉链，钉钉鞋跟。一个远行的和尚歇脚在鞋摊前，然后沉默地看着小街，鞋匠一声不吭，修好鞋，收了两块几毛钱，然后，和尚继续走路，鞋匠开始拿起另一双鞋继续工作。

不知道一百年，两百年，三百年前，龙尾关的交易场景和今天有什么不同？有很长一段时间，这里的交易比今天繁荣得多，贸易规模和交易额远远胜过今日，大量流通的茶叶、药材和各种云南山货让这条小街充溢着奇异的香味。四川来的丝绸，通过保山从印度过来的玻璃、宝石一定曾经让这里浸淫着某种华丽、富贵和神秘的情调。那时的龙尾关，有驻军守备，有官员坐镇，是一个让关外人羡慕，关里人荣耀的地方。

一个城镇的荣耀，在时间之中渐渐湮灭，如流水花色，去着、褪着、暗淡着。今天的龙尾关，只剩下逝去荣华的老迈。

这样的场景或许应该在20年前，30年前，也许更久远的年代发生：挑着两担新鲜蔬菜下坡去卖的女人至今梳着两条30多年前就流行过的辫子；一个老妇人抱着一只鸡，提着一小篮鸡蛋去市场；几个老人在灰扑扑的杂货店门前有一搭没一搭地说话，那个吸着瓦地特（当地人用泥土烧制的烟锅）的老汉说

"山有多高，水有多高。"另一个马上接上："山不在高，有仙则灵。"也不知道他们要表达什么。一个细挑眉毛，抱着娃娃，穿高跟鞋的小媳妇摇摇晃晃在坡上走着，见了熟人突然咧嘴笑：

"去哪点？"

"窜街。"

笑过，会意过又接着告别：

"你去嘎。"

"来闲。"

……

来闲，大理人最典型的告别语，早先的意思就是邀人到自己家消闲玩耍，闲，成为大理人深入骨髓的精神概念。闲，就是龙尾关给我最深的感受。龙尾关走着的人们，似乎跟今天这个与国际接轨的时代没有多少联系，街头的风景，街上的行人，了无生气，这份沉寂和败落有些让人感伤。五月炽烈的阳光，让龙尾关那些古老的槐树散发出浓重的气味，阴影下，那些世代住在这条街的人们，在某些瞬间，他们祖先的表情会一闪而过。只是从前的记忆和那些老旧的房子一起，早褪去了颜色。龙尾关前些年被贴上瓷砖的商铺那么快就过时了，它们已经没有了今天人们所追逐的价值，它们依然保留着从前的高度，但光亮的新式装修终究没有让它们获得新生——好象门口那棵老槐树，尽管新叶浓密，但已苔迹斑驳的老树桩无论如何也离不开那些藏在深暗之处的根须。有时，我有一种感觉，仿佛看着一个跟自己有着万缕千丝联系的亲人正在滑向另一个世界，有一种痛感，有一种无奈，一种只好听天由命的悲观。唯一的安慰来自时间，它将是轮回的另一个起点，但愿终结真的会是另一种新生。

今天，很多地方都带着它们曾经有的辉煌和荣耀消失掉了，它们消失得非常轻松，不再有对新世界的眷恋，也不再有留守的抵抗，在瞬间被推翻后，它们便彻底遗世而去。龙尾关不同，它在很多年间虽然也留着从前的骄傲，但它对新生活多少有着眷恋，它小心翼翼改变着，认真追逐着新时代的步伐。比如，一些瓷砖改变了房屋原来黯淡的旧门面，一些亮闪闪的马赛克被贴到了照壁上；一些从前大户人家的房屋外墙，也写上了文化革命时期的语录、标语。可它终究没有赶上时代，毕竟它过去时间留下的痕迹太深，它从前被裹过的双足无法奔跑出现代化的速度，今天，它安静地顺命，歇足在自己垂老的速度中。

龙尾关是下关这个城市前世今生的连接点。我不知道会不会有那样一天，龙尾关将彻底变成新城的一部分，我们再也看不见从前的痕迹，再也看不见它作为关隘的任何遗存，下关的地名将彻底变成一个没有历史表情，只有地理含义的词语。也许，那时我们将花费好多笔墨，花费无数口舌去向后人讲述下关这个地名的由来，以及它难以说清晰的历史。当然我很明白，我们热情扑进新生活的怀抱时，好像已经不需要历史了。在一种国际化生活带来的便当之中，我们要做的只是被规划推进，要的只是一种用物质严严实实包裹起来的生活，然后，我们将被这些物质彻底渗透，彻底改变。

改变，或者消失，我们的宿命就是龙尾关的宿命。